柴犬Nana和阿楞的幸福日常♡

與一狗二貓的三餐四季

阿楞 著

推薦序

建立毛孩家庭的幸福手冊

春花媽

我寫這篇稿子的時候，奈奈大概是雙手壓著我的手，沒有為什麼，因為不管她懂不懂我打什麼字，她看我稍微停手休息一下的時候，就會問我「妳有寫爸爸好帥嗎？」

春花媽：「哇～這麼多年，妳還是覺得爸爸最帥啊！」

奈奈：「對啊！」

春花媽：「可是大家都知道爸爸很帥了啊！」

奈奈：「再講給其他人聽也可以，這樣大家都知道最帥的爸爸是我的！」

我苦笑，摸摸她的頭「奈奈真是甜甜的狗狗」。

奈奈抬頭看我，一臉不屑「是最漂亮的狗狗啦！」

這家就是這樣很愛彼此的，然後高度喜歡自己！很有趣的一家人～

奈奈是一個乖巧穩定的美柴犬，已經是整個宇宙都知道的事情！但是奈奈爸爸的用心是否被理解，我想整個宇宙還不知

道，所以奈奈才會很大力的推廣爸爸（但是沒有要分享爸爸的意思）。

雖然每個有動物夥伴的家庭所需、所思、所顧慮的點不相同，生活條件也不一定相同，但是身為一個執業多年的動物溝通者，我滿建議大家參考奈爸的這本與犬生活指南！因為奈奈的穩定與其他動物的關係，真的挺和諧的。

柴犬本來就是犬種之中比較喜歡孤獨（也就是排外的動物），所以常常被認為有點兇，但那是本性的守護好自己的領域，然後不是這麼容易就可以習慣被觸摸，特別是對方的身上還有其他動物的味道，但是奈奈表現得很好！她可以接受動物、親近人類，而且她真的超好摸的啦！（姨母笑）

幸福的方式千萬種，建議有意願養狗的你，可以看看這本幸福手冊，一步一步細緻分享狗日子是怎樣從一個人的幸福變成一家的快樂，然後奈奈爸爸最帥了！

（本文作者為動物溝通者）

想養毛孩，你準備好了嗎？

胖胖麻

第一次見到奈奈和奈拔，是在 2016 年一場寵物節目舉辦的寵物萬聖節趴。

當時節目組請到了非常多毛孩，上午錄製節目，下午參加寵物萬聖節活動，節目組準備了一個休息的帳篷，給毛孩及家長們好好用餐、休息使用。

當天參加的人數大概有十組吧！但帳篷裡，只有我們和奈奈家在裡面休息，其他家庭幾乎都出去和粉絲拍照，或是和朋友在草地用餐去了。

兒子控的胖家跟女兒控的奈奈家當時想法很簡單，一大早早起和孩子們等待錄影到中午，其實孩子們已經累壞了，下午又還有活動，雖然在帳篷內休息有點太邊緣，但那是孩子們在當天唯一能夠好好短暫休息的時間。

安靜的帳篷內，兩個安靜的毛孩子，那時第一次覺得：「哇！原來柴犬也可以這麼穩定、這麼溫柔，奈拔一定花了很多時

間陪伴及照顧吧！」

果然，這書裡就寫了很多奈拔的血淚史，和那些我們不知道的奈奈小故事。更重要的是，奈拔其實不只是光講故事，還仔仔細細的提醒了很多家長該注意到的小細節。

很多人看到毛小孩都會大呼「好可愛，好想養！」但「好想養」跟「要怎麼照顧」中間還隔著好遙遠的距離。

每一隻你眼中好乖的毛孩背後，大概都有跟奈拔一樣，一直在努力學習照顧的家長，這也是奈拔阿公阿嬤當初老是狠下心來拒絕奈拔養毛孩的原因吧！

因老人家深知，毛孩也是要負起一輩子責任養育的生命，而在孩子還不知道責任到底是什麼前，身為長輩，只能搖頭拒絕。

想養寵物的各位，你們真的做好功課了嗎？

如果還沒有，或不知道怎麼做功課，不如先看看奈奈和奈拔的故事吧！

（本文作者為＜胖孩成長日記＞粉絲專頁版主）

奈奈的第一位狗朋友——柯基胖胖

前言 # 所有的相遇都不是偶然

我是常常在鏡頭面前扮綠葉，時常被奈奈賞巴掌的阿楞。首先要先跟大家說聲謝謝，謝謝你們購買我寫的這本書。

跟著奈奈一起在網路上記錄生活點滴，一轉眼已經九年了。有些人是從讀國小時一路看到讀高中，有些人是從學生時期一路看到出社會。九年的時間說長不長，說短也不短這段期間我們歷經了很多酸甜苦辣，和大家一起成長。

我們療癒了很多人，幫助了很多人；我們告別了家人，也有迎接新的家人，每件事情都是我跟奈奈的專屬回憶。
對你們來說，我們是不是也是你們特別的回憶呢？我相信多少都有，不然也不會買這本書來收藏了～ A_A

「所有的相遇都不是偶然。」

你們應該聽過這句話吧？有人說毛孩是我們生命中的導師，牠們之所以出現在我們身邊，就是要讓我們學會某些我們原本不在意或不懂的東西。

比如我極力宣導「終養不棄養」，跟「出門牽繩是在保護牠們」的觀念！

我小的時候，親戚曾經放養了一隻狗， 大小便、散步，都是牠自己出去外面解決。

如果當初沒有收編奈奈，我不會接觸到動保法相關知識，也許我到現在還會認為這樣的養狗方式沒什麼問題！

其實放養會造成很多問題，比如造成環境髒亂、容易發生意外影響狗或人的生命安全；或是如果沒有接受過結紮手術，很容易與其他遊蕩犬繁衍後代。

倘若飼主不想負責、直接把這些幼犬丟棄在路邊，當幼犬長大後，又開始與其他遊蕩犬繁衍後代，進而造成更多流浪狗的出現。

這樣的無限循環，便是目前台灣的流浪動物數量繁多的其中一個原因。

在這些學習的過程中，我發現台灣的生命教育真的有待加強。

比如很多毛孩被直接遺棄在收容所或路邊，還有很多飼主不把牠們的安全當一回事，出門不牽繩，讓毛孩放飛自我……

奈奈、胖胖、橘寶、睡寶的出現，讓我開始去接觸、學習到很多事！

我想把這些屬於我們的專屬回憶，跟影片一樣當作紀念，永遠地保存起來。

雖然記憶有點零散，但最後這本書還是誕生啦（撒花～）

現在，就請大家跟我一起看看——從我還沒遇見奈奈到陪伴牠這九年的時間，我們發生過哪些特別的事，以及這段時間中，牠們教會我什麼事！

目錄

Part 1

奈奈是 Nana

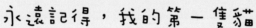

Part 2

永遠記得，我的第一隻貓

Part 3

雙寶亂入時刻！

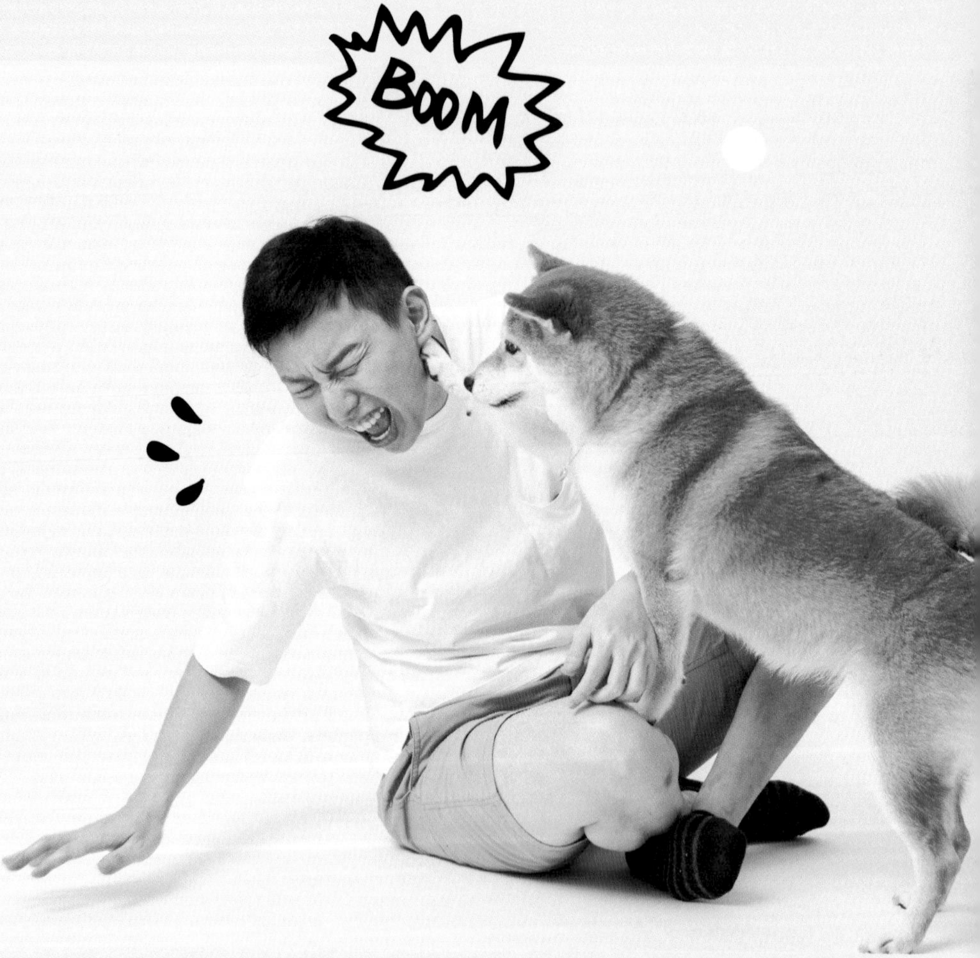
BOOM

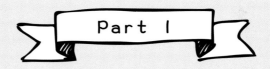

Part 1

奈奈是 Nana

其實我原本，
對狗狗有這樣的陰影

小時候，我總是喜歡到鄰居家跟狗狗玩。

當時有一戶人家養柴犬，每次看到那隻柴犬，都覺得牠長得很獨特、很有吸引力，不過牠的個性非常孤僻，好像不怎麼理人。

但這種高冷的感覺反而增添了迷人的魅力，所以我小時候就覺得柴犬很可愛 XD

每次回到家，我總是吵著阿公阿嬤想養柴犬，但每吵一次就被罵一次。阿公每次都說：

「我們就討厭動物，為什麼還要當動物的奴隸？要幫牠清大小便？」

「養動物幹嘛？養來受罪嗎？你再吵我就打你！」

不過每次聽聽，我也總是右耳進左耳出，還有幾次是路邊亂帶流浪狗回家。

每帶回一次阿公跟阿嬤就會把我臭罵一頓，罵完再把狗狗送回我撿到牠的位置，根本沒有那種帶回家硬養，阿公阿嬤就會覺得牠們很可愛、很乖，然後就接受了這種事 XD

但人生中總是充滿很多未知的變數，讓原本非常喜歡狗狗的我，在一次意外中，開始對狗感到恐懼——被國小同學家養的狗攻擊，最後去醫院縫了 8 針。

那次的意外真的讓我印象深刻。

同學家的那隻狗狗，是中大型的全黑米克斯，其實剛看到牠時，因為牠體型比當時的我還大，若是被牠撲倒或攻擊一定會很可怕，所以我一開始就不太敢靠近牠。

同學卻說：「牠很乖啦，不會咬人的，你可以過去摸牠啊！」

既然同學都這樣說了，我不疑有他慢慢靠近，但牠突然對著我的左上臂咬了一口！

不誇張，印象中，傷口深到我在血中還看到白白的東西，小時候一直覺得自己被咬到見骨了！

被咬了一口後，正常小孩子的反應就是大哭，我當然也不例外地大聲哭喊。然而同學家的長輩看到後，第一件事情竟然不是先關心我的傷口，以及帶我去醫院打破傷風。

而是　趕　我　回　家？！

然後我也傻傻地被趕，邊走邊哭地回到家，才被家人帶去醫院打破傷風跟縫傷口，自此之後對狗，尤其是黑色的中大型品種有陰影，看到都會莫名的抖……
直到年紀增長，才從原本的畏懼到漸漸感覺「還好」。但也不會特別喜歡狗或貓，也不會覺得可不可愛，所有對動物的一切，就是「還好先生」的代表 XD

——直到我遇到了奈奈。

牠竟然對我有反應欸！

2013 年 9 月 22 號。

這一天一如往常，我下了班，回到家慵懶地躺著時，手機突然響起。

看了來電顯示，原來是高中時期的好朋友阿彥。

「欸，你要不要養柴犬啊？」

「蛤？柴犬？怎麼突然問我要不要養？」

「就想到你曾經說過小時候很喜歡柴犬啊！」

「別吧，小時候是有喜歡，現在就還好啊。」

「說不定這隻你會很喜歡啊！」

「但你又不是不知道我阿公阿嬤，極度討厭動物！」

說完這句話後，瞬間回憶起小時候在路邊亂帶流浪狗回家，被罵的事情。

我可以養牠嗎？

在八歲那年，放學回家的路上，有個紙箱被放置在電線桿旁，裡面裝著一隻小黃狗。

牠的眼睛還沒有睜開，看樣子是出生沒多久，可能是餓了，一直嗚嗚叫，當下便覺得牠很可憐，於是拿起了紙箱、帶牠回家。

一帶回家後，阿嬤驚訝地說著：「夭壽死小孩，你抱一隻狗回來幹嘛？」

「阿嬤，牠好可憐哦，我可以養牠嗎？」

阿公聽到後，很生氣地說：「養你個芋頭番薯！你再吵我就打你！」

「為什麼不能養？」

阿公很生氣作勢要打我說著：「養個畜生幹嘛？！還要為牠把屎把尿？當牠的奴才？」

「好了好了，不要吵，我拿出去外面處理。」阿

嬤為了讓阿公消氣，趕快跳出來說著。
阿嬤挨家挨戶詢問著有沒有人想要養那隻小黃狗，還好後來順利地找到認養人。

「就來看看嘛，看看又不會少塊肉！」

就因為這句話，又加上沒事做，於是我前往阿彥叫我去的地點——寵物店。

阿彥親戚家是開寵物店的，他有時會到店裡幫忙，賺點生活費。在高中時，我們兩個很常聊起小時候喜歡什麼，跟做什麼奇怪的蠢事，他也因此知道我小時候很喜歡柴犬。

到達目的地後，我把摩托車停好，正當要走進店面時，突然有種被人注視的感覺。

我試圖找出視線的來源，一轉頭，就看到落地窗前的小柴犬一直盯著我看。

「阿彥說的小柴犬，該不會就是牠吧？」我心想。

我跟眼前的這隻小柴犬互相對看，小柴犬開始邊搖尾巴邊撲
向落地窗。
緣分就真的那麼奇妙，原本對動物「還好」的我，竟然被眼
前這隻小柴犬徹底融化，正當看得入迷時，阿彥從店內走了
出來。

「欸，你到了哦？哇！牠竟然對你有反應欸！」
「你知道嗎，牠對其他人沒有這樣欸，你們說不定有緣喔！」
「屁啦，最好是這樣～」

我笑笑地回著阿彥，反正都是話術，別以為我不知道，你們對每個人都這樣講！想叫我把牠帶走！才沒那麼容易！
想是這樣想，我就這樣在櫥窗前看著這隻柴犬一個多小時，看牠的過程中，牠竟然睡著了，還表現出很安穩的樣子，而我內心一直在掙扎著。

「到底要不要帶牠回家？」
「帶牠回家會不會家庭革命？」
「我現在的條件有辦法養好牠嗎？」

很多問題一直閃過腦海。
正當我在煩惱時，小柴犬醒來，眼神跟我對看著，彷彿是在說：「真的不帶我回家嗎？」
我就是這麼腦波弱，又很愛腦補，那一瞬間彷彿很像偶像劇

的男女主角相遇時刻 XD

於是就這樣,我衝動做了決定。

「跟我回家吧!」

我聽了阿彥的建議,先買了一些相關物品,像是 3 尺烤漆
線籠、乾飼料、小碗之類的。

就這樣,小柴犬被我帶走,準備跟著我回家。

奈家記事

你能夠不離不棄嗎？

小時候一直認為阿公、阿嬤討厭動物只是單純覺得動物
髒、有異味、愛叫、會隨地大小便，現在長大了，終於
明白為什麼當初阿公跟阿嬤會這樣反對我養動物。
因為那時候很年輕，加上我的個性又三分鐘熱度，他們
清楚：比喜歡更重要的是責任。
養毛孩就像養小孩一樣沒啥差別，你要花時間陪伴牠、
照顧牠所有的一切，吃喝拉撒睡、還要注意生病，那時
候的我可能也沒那個時間和能力去承擔。到時候如果我
不想養，就會把牠丟給他們照顧，所以阿公跟阿嬤才會
這樣極力反對。

話說回來，遇到奈奈時，我並不是很關注動保相關議題
的人，所以在我的認知裡，想養狗狗不是撿路邊的浪

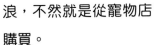

浪，不然就是從寵物店
購買。

雖然我是從朋友家開
的寵物店找到奈奈，
但還是要跟大家說，
想養毛孩的話最好
優先選擇用領養的
方式唷！

為什麼我會優先推薦領養？瞭解動保相關知識後，發
現其實很多寵物店內販售的毛孩，大多是近親繁殖再繁
殖，導致生出來的貓狗通常一出生就是一身病，而且本
身的基因缺陷也會放大再放大……

加上許多寵物店和養殖場為了賺錢，並不會好好照顧這
些動物、給牠們基本的醫療，有些還會虐待牠們。

透過領養的方式，可以減少不肖養殖業者的獲利，減少虐待動物的發生。

再來一點就是，因為現在收容所已經廢除「安樂死」，造成很多收容所的犬貓「只進不出」，因而讓收容所動物數量滿載、負載不足，所以才會鼓勵大家多用領養的方式！

但說真的，我們不能強逼人，如果你真的想要用買的方式，就是要確認是不是合法，並且是對寵物繁殖友善的犬舍。

有些犬舍可以讓你進去參觀他們的整體環境，多看多比較，真的覺得不錯的犬舍再決定把毛孩帶回家。

最後不論你們的選擇是什麼，把毛孩帶回家後，「不離不棄，終養不棄養」才是最重要的哦！

妳的名字是……

被小柴犬的眼神告白後，帶牠出店的我，首先去了當時阿彥特別交代，一定要先帶去的獸醫院，幫牠施打晶片證明，以及疫苗。

但 3 尺烤漆線籠實在太大了，騎摩托車載很不方便，更何況腳踏板那邊還要放一個小紙箱裝牠。

「欸，不能買小一點的嗎？很難載欸。」

「你要買小一點的也可以啦，但牠們可是長很快的哦，到時候你又要花錢再買一個符合牠身型的籠子！」

「幹嘛一定要籠子啊？」

「籠子等於牠的房間啦，是讓牠覺得安心的地方！」

我被阿彥的話點醒。人都有房間了，牠們當然也要有房間啊！更何況換了新環境，有個令牠安心的地方，也能讓牠更快地

融入新生活吧！

後來阿彥提議，先把我剛買的相關用品放在店裡，讓我先去醫院。但說實話，第一次到獸醫院的我，其實有點不知所措，心裡一直出現很多小劇場。

第一次上醫院 Drama

打疫苗跟晶片要多少錢啊？會不會很貴啊？

我身上錢帶不夠欸，等等不夠的話怎麼辦？

要留下來幫忙洗碗嗎？

小柴犬第一次來醫院欸，牠會不會怕怕？

牠怕怕的話我該怎麼辦？

要抱著牠，然後說：「寶貝乖乖，沒事沒事，我

在這，我保護妳！」？

還是我不要那麼噁心的說呢？

直接說「醫生不可怕啊，怕什麼？」

啊～這樣好像又太嚴厲了～（煩惱）

我就這樣想著莫名其妙的小劇場，慢慢走到了櫃檯。

「請問是狗狗還是貓貓要看病呢？」櫃檯小姐親切地問著。

知道我帶小柴犬來打晶片跟疫苗後，於是叫我先填寫牠的基本資料，但要填寫第一格時，我就呆掉了！

「欸，對欸！！！我還沒有想到名字啊！！」

「不好意思，我還沒有想到名字，我先去旁邊想一想……」

我默默走到醫院角落，瞬間腦海一堆的名字飛過。

小黃？咪咪？拉拉？妹妹？美美？我把「很會命名」的技巧發揮了出來，瞬間想到很多很隨便的名字。

我一邊無意識地對著小柴犬唸著：「叫妳拉拉好不好啊～？咪咪、妹妹、美美？」

是的，不騙人也不誇張，奈奈從小全身上下都是戲。

牠現在表達的「……」一定就是在跟我說：「可以好好取名嗎？取這什麼鬼名字？跟本公主是搭得起來嗎？」

我看到小柴犬一直沒有反應，好像都沒很喜歡，正當煩惱到

底該怎麼辦的時候，瞬間有個人的名字飛入我腦海中，我也下意識把這個人的名字唸了出來：

「水樹奈奈，Mizuki Nana！」

「！」小柴犬瞬間抬頭看著我，彷彿就是在說：「奈奈好啊！很好聽！」

我心想不會吧！真的假的，於是再說一次：「奈奈，Nana～」

小柴犬真的有反應的看著我，彷彿在對我說：

「這名字我喜歡！很適合我！就叫我奈奈吧！」

於是我就把名字這格寫下奈奈（Nana）。

034 柴犬 Nana 和阿楞的幸福日常

籠內訓練 & 命名模式

這裡簡單說一下為什麼需要做「籠內訓練」。

狗狗從以前就是「穴居動物」，白天在黑暗的洞穴休息，晚上才會出去狩獵。

狗狗一天需要 14 小時以上的睡眠，但因為牠們的嗅覺、聽力都相當敏銳，所以只要一有什麼動靜，就會立刻警戒、無法放鬆，所以才需要在洞穴休息。

所以給予牠們一個如同洞穴般的籠子，讓牠們覺得籠子是房間、是能夠安全休息的地方，可以幫助穩定狗狗的情緒、給予安全感。

像奈奈遇到打雷聲、鞭炮聲或其他牠覺得可怕的事物時，牠就會跑去籠子裡面待著。

當然，籠內訓練不是一直把牠們關在籠子裡。

我當初訓練奈奈時，是我們要睡覺就讓牠進去籠子內，

小時候叫奈奈時
都會很開心

睡醒時就把牠放出來，讓牠在籠子外的空間玩耍。

久了之後，牠就會知道籠子是牠休息的地方，我也就直接把籠子門打開，讓牠自由進出。

籠內訓練，對狗狗來說好處多多，想知道更多資訊，可以自己搜尋一下喔！

說完籠內訓練，來說說我「獨特」的取名法 XD

人生總是會發生很多「命名模式」，例如幫朋友取一些沒營養的綽號，幫路邊的狗狗貓貓用身上的花紋去取名，不然就是玩遊戲時，煩惱要取什麼有趣又有哏的名字。

每次發生「命名模式」時，我都很快能幫忙「命名」，因為都是一些很隨便或沒營養的名字 XD

想到奈奈的出現，讓我驚覺，不可以這麼隨便啊！！！

話說回來，有些人還是會很疑惑，為什麼在影片中，我老是叫奈奈，「黃」奈奈。其實沒為什麼，只是因為我就姓黃啊！ XDDDDD

女兒當然要跟我姓！所以我會下意識地喊出全名。

最後，是為什麼會出現水樹奈奈的名字？

我從小時候一直很喜歡日本文化，所以才那麼喜歡柴犬～（誤）

我喜歡日本，玩遊戲也會取名日文 ID，像是 Makoto、高倉 XX……我又一直在看動漫，所以有幾位喜歡的日本聲優，只是沒想到喜歡的聲優，竟然會是奈奈的新名字！

但我後悔一開始粉絲頁名稱幹嘛不直接打奈奈，一堆人都直接打娜娜（笑）。

補充一下，なな（Nana）在日本漢字的寫法有很多種，比如「奈奈」「奈菜」「菜菜」「菜奈」等，是不是很有趣呢！ XD

人啊，請勿衝動行事 Orz

走出了醫院，我暗中竊喜打晶片跟疫苗花沒多少錢的同時，也從獸醫師那邊知道了一些小知識。

例如狗狗出生後要打幾劑疫苗？多久打一次？以及施打完要注意什麼事等，才聽一點就讓我知道，其實要照顧牠們，真的沒有想像中簡單。

但我現在不是要煩惱這個！該煩惱的是：

我現在要帶奈奈回家嗎？（孟克吶喊）

到底該怎麼辦？要直接開門見山的帶奈奈回家，然後跟阿公阿嬤說：「阿公、阿嬤你們看，這是我女兒，是你們的曾孫子奈奈哦～」還是要先偷偷養在二樓房間？但之後被發現怎麼辦？

我邊煩惱這些問題，邊騎車到阿彥那，拿回買的其他物品。

還好機車的腳踏板放上折疊後的 3 尺烤漆線籠，再放上裝著
奈奈的紙箱，竟然奇蹟似的剛剛好！（撒花）

於是跟阿彥道別後，我又開始煩惱起剛剛的問題，就這樣騎
著車在台中市區不停地亂繞。

我堅信不論我做什麼決定，只要把奈奈帶回家，就一定會被
阿公、阿嬤罵到臭頭，然後百分之九十九的機率，奈奈一定
會被趕出門。

正當我想放棄思考的時候，突然腦海閃過一頭念頭：

「幹嘛不把奈奈養在另一半家啊？∧_∧」

「都穩定交往一年了，應該沒關係吧！∧_∧」

「反正那個家也是我們合租的啊！∧_∧」

「對啦，就這樣子做吧！∧_∧」

（現在想想，以上想法真的是有夠任性的。）

於是，我就在沒跟對方先溝通的前提下，把奈奈帶到另一半
家（後面簡稱閃光）。

到達目的地後，我先把奈奈要睡的籠子組裝好，把它放在房

我最喜歡到處
聞～聞～聞～

間的角落，把奈奈要用的相關物品都擺放好後，才把奈奈從
紙箱中放出來，讓牠開始適應新環境。

奈奈一走出來，就非常好奇地看著這新地方，邊四處張望，
邊四處聞聞。聞了一下後，開始在「新家」奔跑著，看起來
非常開心。

「妳是不是很喜歡？這裡以後就是妳的新家哦！」

奈奈聽完後搖著尾巴，不到幾秒又開始四處奔跑著，跑著跑著竟然開始轉圈圈，我的直覺告訴我，這一定是想要尿尿，不然就是想大便的前兆，於是拿出買好的尿布墊鋪在地上。

「奈奈來，要上廁所來這，過來過來！」

我像教導著小朋友一樣，指引奈奈過來，腦海中的小劇場又浮現。

學會如廁？

奈奈走了過來,在尿布墊上聞了幾下,踩在上面轉了幾圈後,蹲下來,尿了一泡忍了很久的尿。

然後我開始歡呼並且讚美:「奈奈你好棒～～～」

當然,這只是我的內心小劇場,現實往往是殘酷的。

奈奈走到我面前,蹲了下去,尿在了我的腳邊。

萬能的網路,請賜我力量!

「啊啊啊啊～!」我手指著奈奈慌張的喊著,奈奈一臉問號的看著我,彷彿在說:「幹嘛?尿個尿大驚小怪什麼?」

然後奈奈慢慢離開我視線,繼續在房間中探索。

也是，哪有可能第一次就會定點上廁所。

我拿起抹布邊擦邊想著，剛剛真的是有點太大驚小怪了，一邊想著沒關係，明天開始做點功課，再慢慢教奈奈就好！

隔天，我馬上打電話問有養狗的朋友，要怎麼教定點大小便比較好。

大家給了我很多建議，像是要記牠上廁所的時間，在牠們開始轉圈圈時，趕快把尿布墊拿到牠腳下讓牠上。

我便照著朋友們的建議去做，試了好幾次都還是失敗，看著尿尿的地方，覺得自己好像太心急了，告訴自己要多點耐心、慢慢來。

清潔完奈奈尿尿的地方後，我看著奈奈好奇地探索房間，很有活力地在房間中四處奔跑到處聞聞，總覺得還好有把奈奈帶回來，心情也莫名被療癒了起來。

我走到奈奈身旁，摸著牠的頭，摸摸牠的身體，再抱著牠到休息睡覺的籠子裡。奈奈好像也知道該休息了，進去沒多久後就乖乖趴下，也慢慢睡著了。這時候，正常人都會拿起手機（咦？），瘋狂拍下眼前這麼可愛的一幕。

是的，我當然是個正常人，於是拿起手機一陣狂拍。說也奇

怪，原本小時候的陰影，讓我對動物感覺都還好，但奈奈竟然有種魔力，讓我無法自拔地進入了傻爸爸模式。

拍完照後，我把照片發在臉書上，結果到外地出差的閃光看到，馬上問我怎麼回事，我原本以為會被叮唸一頓，但當我解釋完後，反而閃光還一直說奈奈好可愛！（驕傲）

而且發完文，我還收到許多朋友們的鼓勵與躁動。

「好可愛喔！」

「我要去你家跟牠玩！」

「啊啊啊我融化了！」

發這些躁動留言的朋友們，我也覺得你們太可愛 XD

看完留言後，我把視線移到正在睡覺的奈奈身上。

「奈奈，歡迎妳來到妳的新家，從今天起，妳就是我的家人，我的女兒。」

我在心中默默地說著。

奈家記事

陰影消散？

還是要提醒大家，養毛孩前一定要先跟家人或是同住的人溝通、達成共識唷，千萬不要像我以前一樣……Orz

雖然奈奈來家裡後，我的「還好先生」症狀好像有改善，但是童年陰影怎麼可能輕易放過我呢！

至今我對於黑色中大型犬還是沒辦法，雖然比較不像以前那麼怕了，但還是不太敢靠近 XD

請多指教！新手傻爸爸！

家裡多了奈奈後，雖然讓我的生活增添許多熱鬧與歡樂，但奈奈現在是三個月大的幼犬，特別需要陪伴與照顧，又因正值發育期，究竟奈奈一天該吃幾餐？還有要怎麼教導？

認真說來，奈奈算是我「衝動」下帶回家的，所以很多養狗的相關知識都沒有做好功課，真的是自討苦吃 XD

遇到問題總要解決，總不能隨便亂養，所以我趕緊問了阿彥一些基本的事情，就正式當起「新手爸爸」。

在奈奈還沒有完全長出牙的時候，我每天凌晨五點起床，先把乾飼料用水泡軟後，再弄給奈奈吃。

這樣的過程看似簡單，但要等奈奈吃完，通常需要四十幾分鐘，而我也要準備出門上班。

當時我在麥當勞工作，班表非常固定，每天上班的時間都是早上六點到下午兩點，而中間的休息時間只有半個小時。

這半個小時我都會衝回家陪奈奈，然後再趕回去上班。
下班後，奈奈看到我回家，都會很開心熱情地迎接，我摸摸抱抱奈奈後，休息一下，弄給奈奈吃第二餐。

再來的時間就是在家裡一直陪著奈奈，一起睡覺、一起玩耍到晚上，用完最後一餐後，一天也結束了，每天都這樣很規律地過著。

但這段時間，我只要出門上班或是辦事，心裡都會掛念奈奈，怕牠會亂叫吵到鄰居、怕牠會亂咬東西、怕牠誤食發生危險、怕牠會覺得無聊⋯⋯

但每次回到家，一打開門，見牠睡眼惺忪地看著我，我就明白是自己擔心太多，只要我離開家，牠都是乖乖在休息睡覺XD

除了擔心外，也發生了很多讓我又氣又好笑的事情！

讓我印象深刻的一件事，就是有一次回到家，打開門卻發現地上有一大攤水便。奈奈也沒有像平常一樣興奮地跑來迎接我，而是很不舒服似的，窩在房間角落。

我看到後冷汗直流，這樣的狀況不看醫生不行了吧？！

但正當我要跑去抱奈奈時，卻發現放在 3 尺烤漆線籠上的幼犬奶粉被弄翻了，而且裡面的奶粉被吃掉了快半罐！

原來是貪吃，才吃壞肚子拉肚子啊！！

瞬間緊張的心情沒了，只覺得又氣又好笑，怎麼放在上面的奶粉罐也能把它弄下來破壞？！也氣自己沒把奶粉放到別的地方。

後來當然還是帶奈奈去看了獸醫師，也恢復得非常好，算是上了一課吧 XD

奈家記事

因為奈奈，我學到了幾種「感覺」

幸福

有了奈奈之後，我每天都覺得很幸福。牠在我每次回家、打開家門的那一刻，總是非常興奮和激動來迎接我回家；不管是在我開心還是難過的時候，我走到哪，牠也都會跟到哪，隨時都會窩在我身邊。

壓力大

有了奈奈後，每月開銷變得更大，尤其是生病要看醫生時。

我簡單說一下，養毛孩會花多少錢？養毛孩會用到什麼費用？如果覺得醫藥費太貴，還會花一筆買寵物保險費，但寵物保險又是什麼？

簡單來說，每年花一點錢為毛孩投保保險，在毛孩不幸生病或發生意外需要較高金額的醫療費時，可發揮分擔醫療費的作用，最後還會有告別時要準備的喪葬費。

以奈奈為例，牠的每月花費是 1 萬元，包含伙食費 4000 元、寵物用品費 5300 元（零食、保養品、每月兩次洗澡）、醫藥費 750 元（除蚤、預防心絲蟲）。

因為寵物沒有健保，生病看醫生的話，看一次 400 ～ 500 元起跳；還有每年的固定花費，多合一疫苗花費：3000 ～ 4000 元；狂犬病疫苗花費：200 ～ 600 元，健康檢查費用：2000 ～ 10000 元。

價格會浮動的原因，是因為地區不同，最貴的地區是北部，南部相對比較便宜一點！（我常去的動物醫院李醫師說的 XD）

當然每個人養狗的方法與心態不同，所以產生的花費不

會一樣，有些人可能一個月只要 5000 多元，甚至更少。
不管花費多少錢，都是壓力。但是有壓力才是好事，這
樣才會讓我覺得要負責任，照顧奈奈到終老。

擔憂

天氣熱就擔憂奈奈會不會熱，天氣冷就擔憂會不會冷，
雖然說寒帶犬應該是不怕冷啦，但有一種冷叫爸爸覺得
你冷！就是會擔心嘛！
每天外出也都會擔憂奈奈會不會無聊，放不下心，所以
有空閒的時間，幾乎都在家裡陪奈奈，搞得我好像有分
離焦慮症 XD

原來這就是當爸爸的感覺，真的讓我瞬間體會到，照顧
生命真的不簡單！

提到「分離焦慮症」，我真的非常慶幸奈奈沒有這
個問題。這九年，即便我們現在每天都黏在一起，
有時候有事還是要外出。

當我外出時，奈奈也一樣乖乖地在休息，不吵不鬧
等著我回家，真的是讓人覺得很窩心（感動哭）。

本公主的毛毛
超多的cler

惡夢磨合期，
大小便只是新手村級別

我相信有養毛孩的各位，一定都經歷過「磨合期」這關大魔
王吧！

只要度過這關，後面的日子會很美好，我跟奈奈當然也經歷
過這段時期。

讓我最困擾的第一名問題，就是「定點大小便」。Yap～它
應該是所有新手的惡夢關卡！

每次奈奈沒有尿在尿布墊上，隨地大小便時，我都會覺得生
無可戀。在試了幾次朋友的建議仍然失敗後，我想或許有更
專業的意見，於是我打開電腦上網查詢「定點大小便」。

不查還好，一查整個發現新大陸了！

我參考了很多方法，但很多試了一陣子也都沒有效果。

最後，我找到了使用「引便劑」的方法。

「引便劑」是什麼？狗狗的地域性特質，會讓牠想要蓋住其他狗狗尿尿的地方，用自己的尿液來占地盤。而「引便劑」裡含有阿摩尼亞的成分，讓狗狗聞來像是尿味，因而會吸引牠們過去。

印象深刻的是，我拿到引便劑時，趕緊把它滴在狗便盆的尿布墊上，奈奈走過來聞了幾下，就神奇的在便盆上尿尿了！！

當下我真是太開心了，也讚嘆這東西的發明！除了讚嘆引便劑外，我也一直誇獎奈奈真的是太棒了！

只是初次雖然成功，後面還是有幾次沒在便盆上大小便。但我也不灰心，耐心教導下，奈奈終於學會在狗便盆上定點大小便了！（撒花）

對決時刻！

本來以為解決完定點大小便的問題後，就可以安心一陣子。但現實就是像出了新手村，你才發現原來一開始的任務只是最 easy 的。

我的下一個問題是：奈奈會吃排泄物！！（孟克吶喊）

為什麼我會發現這個問題呢？請聽我娓娓道來。

有一天我下班回到家後，因為我房間的落地窗沒打開，屬於密閉空間，因此有什麼味道聞得很清楚。一打開房門，我就聞到了那熟悉的屎味。

但讓我覺得奇怪的是，味道怎麼好像淡淡的，不是很濃？於

是我走到狗便盆前，發現尿布墊上有大便的殘跡，卻沒看到大便本人。

聰明如我，馬上驚覺事情不太對！直覺告訴我──

「奈奈吃大便！」
「奈奈吃大便！」
「你家奈奈吃大便！！！」

但想歸想，我不能冤枉奈奈啊！一定要親眼目睹才有證據。

所以好幾次奈奈排泄完，我都沒有馬上去處理排泄物。

但是很奇怪……只要我人待在家，大便本人一定都會在，不會消失；而只要我去上班時，大便本人就會消失，只留下它曾經出來過的痕跡 Orz

這件事就讓我驚覺到，奈奈「非常精」，有夠聰明，知道人在的時候不要去吃。

好啊～竟然妳這麼聰明的話，那我也要精一點（奸笑）。

於是在某個休假日時，餵完奈奈吃飯後，我默默躺回床上，用被窩把我整個人蓋住。我在被窩裡面躲了快半小時，時間

一分一秒的過去，奈奈終於大便了！

讓我印象深刻的是，奈奈原本是背對著我，突然把頭轉向我這邊，那一瞬間，讓我覺得牠是在想：「他應該沒有看到吧？」

奈奈往我這邊看了一陣子後，感覺我好像沒在看牠，牠就開始吃起了大便！

被我看到後，當然是要像警察抓小偷一樣啊，我整個從被窩裡跳了出來！

「被我逮到了吧！！」

我趕快把奈奈抱離開狗便盆附近，並開啟說教模式：「為什麼要吃大便？這不能吃妳知道嗎？」

奈奈感覺被我唸煩了，很兇地對我汪了很多聲。對，這是我第一次被奈奈兇的時刻！然後我也回擊回去：「兇什麼兇？妳吃大便欸！！！」

我也很兇地說著，瞬間奈奈不兇了，感覺知道自己做錯事一樣，找我討摸摸。

奈奈這個舉動一出來，讓我覺得自己剛剛對牠好像太兇了，
於是跟奈奈道歉：「以後不要吃大便了好嗎？」

這一瞬間，我以為我們兩個已經達成了協議，奈奈以後應該
不會吃大便了吧？

但……

奈奈還是繼續在吃大便呢！ ^^

因為奈奈吃大便的舉動讓我覺得不太對勁，於是帶奈奈到醫院詢問獸醫師。

獸醫師說，其實狗狗會吃排泄物是天性，也有可能是因為腸道消化吸收功能尚未完整，排泄物中會有未消化完成的食物營養和味道殘留，狗狗聞到後覺得很香，才會有想吃下去的欲望。

獸醫師最後請我再觀察一陣子，讓人慶幸的是，過了一陣子後，奈奈就沒有去吃大便的行為發生了，真是可喜可賀～！

奈家記事

小孩一教就會？

我常常收到問一些教導狗狗相關行為的訊息。細聊下去，我發現雖然很多人會去找解決方法，但如果試了一下沒有用之後，就會覺得整個都沒用了，而直接放棄。

其實毛孩跟小朋友一樣，沒有一教就會的。教導毛孩時，請記住「一定要有耐心」！
有時要教很久才會是正常的，不用覺得很有挫折感，請繼續耐心教就是了！

我在這裡也寫出曾經無知的自己，以「人」的觀點及思想套用在毛孩身上，但其實是錯的。
有時候，真的要以「牠們」的觀點去想那些我們覺

得奇怪的原因。

例如狗狗亂叫，如果我今天是牠的話，我吠叫的原因是什麼？再把這些原因排列出來，再試著去找方法解決。

這些小技巧分享給大家，如果真的遇到無法解決的事情，也可以諮詢獸醫師或動物行為師，也都是很不錯的選項唷～

奈奈不「夭壽可怕」，
「夭壽可愛」啦！

時間過得很快，一轉眼，奈奈已經到了可以打第三劑疫苗的時候了（不是我們打的第三劑 XD）。

一如往常，我帶奈奈到獸醫院，這次看診的獸醫師，是第一次遇到的醫師。

「牠打針會咬人嗎？」

「不會啊，牠很乖的！」

「真的嗎？我遇到好多柴犬都會咬人，夭壽可怕！」

獸醫師笑笑地說著。

因為這一句「夭壽可怕」我突然覺得眼前這位獸醫師真幽默，雖然聽到我說奈奈不會咬人，但獸醫師還是小心翼翼的幫奈奈打針，可能之前被柴犬攻擊到怕了吧！（笑）

「真的不會咬人欸，你家這隻真的有夠乖！」醫師說完後，開始摸起奈奈，奈奈也似乎喜歡這位獸醫師，很開心的享受醫師摸摸，還搖著尾巴。

這次的看診就這樣平安無事地結束了。後來有幾次帶奈奈來看診時，都沒遇

奈奈好乖～

到這位獸醫師。雖然說其他獸醫師也很專業，但就是太認真看診了，少了一點幽默感（？）所以沒見到這位很幽默的獸醫師時，就會莫名覺得怪怪的，而且奈奈也沒有對其他獸醫師搖尾巴。

難道，這位獸醫師就是奈奈命中註定的唯一（獸醫師）嗎？

於是我問了一下櫃台助理，詢問他的名字，才得知原來這位醫師叫做「李侯承」，也摸清了他固定上班的時間。之後奈奈有需要看診時，再來找他看診！

之後奈奈因為眼睛有點分泌物，就選在李醫師上班的時間去看診，沒想到那天去時，李醫師看到奈奈，馬上說：「最乖的柴犬來了！」

奈奈看到李醫師後，毛茸茸的尾巴也開始一晃一晃。李醫師細心地看完奈奈的眼睛後，後來聊到抽血的問題。

「奈奈有挑戰過抽血嗎？」

「沒有，還沒有抽血過。」

「下次要做健康檢查時，我要抽抽看，看奈奈會不會怕抽血！」

話說您這麼興奮是 XD？

李醫師邊說邊摸奈奈，奈奈也很開心地搖著尾巴，我們真的跟這位李醫師滿投緣的。

奈家記事

給信任的獸醫看，不緊張

這就是奈奈跟李醫師初次見面的情形。因為年代久遠，
我的記憶也有些零散，但我很慶幸緣分讓我們認識了李
醫師。

後來李醫師只在那間分院待沒多久，就被調到其他分院
當院長了。如果那一天沒帶奈奈去打針，或許到寫書的
今天，都不會遇到這位這麼喜歡奈奈的獸醫師了。

在此想跟大家說，幫毛孩找個習慣跟喜歡的獸醫師，以
及固定的獸醫院真的很重要。

很多毛孩到獸醫院會很緊張，如果每次去不同的獸醫院，
加上遇到不同的獸醫師，可能會讓牠們更加緊張，甚至
有些毛孩過於緊張時，會出現「應激反應」，應多加注
意。

而且跟人看病一樣，在固定的醫院、給同一位醫師看診，這位醫師就會清楚病史、日常習慣甚至是個性，這樣能夠適時提供日常照顧建議以預防疾病，更可以在狀況發生時給予即時診斷。

李醫師被調到其他分院後，我也帶著奈奈去新的分院，只因為李醫師非常知道奈奈的日常習慣跟個性，也很喜歡奈奈，喜歡到現在連幫奈奈抽血打針，還心疼奈奈會痛（哭笑）。

上次奈奈不小心吃太多，身體很不舒服，後來就緊急在家附近的獸醫院打了止吐針，李醫師看到我傳給他的打針照後，還替奈奈叫不平，說打這個真的會夭壽痛！真的是很幽默的醫生。

奈奈也很喜歡李醫師，因為每次去找李醫師都有肉乾可以吃 XD

再加上李醫師真的很專業,也會誠實地跟我分享很
多獸醫師不敢跟飼主說的話。

因為這樣的關係,讓我對李醫師很信任,所以不管
多遠,我都會帶奈奈給李醫師看診。

最後來順便幫李醫師增加業績(?),李醫師目前
就職於全國動物醫院的台中文心分院、豐原分院,
歡迎大家帶毛孩給他看診(?)XD

來吧！
該是探索新世界的時候了！

在打完第三劑疫苗時,李醫師跟我說:「再等一個禮拜左右,奈奈身體、精神方面都沒問題的話,可以帶奈奈到外面走走看看囉!」
聽到這消息,我當然覺得非常開心,終於可以帶奈奈出去散步了!(感動哭)但正當覺得開心的時候,李醫師突然又說:

「雖然說能帶出去很開心,但是第一次要帶出門的狗狗很有挑戰性哦!」
「為什麼會很有挑戰性呢?」

我疑惑的提問,李醫師花了很多時間跟我解釋後,我得到一個重點,那就是毛孩就跟人類一樣,都是需要社會化訓練的!如果第一次就直接帶到熱鬧的路上,很容易嚇到毛孩,造成

牠們緊張而暴衝或吠叫、攻擊行為等……最好的方式，是帶著牠去一個比較僻靜的地方，訓練社會化。

所以第一次散步時，我選擇挑戰不要那麼難的地方，先從家附近熟悉的環境訓練。

幫奈奈繫好牽繩後（必須要牽繩，畫重點！），我興奮地帶奈奈下樓去家門口外散步，然而才走到門外，奈奈馬上就展現了柴犬「固執」的性格！

牠不走就是不走，怎麼拉就是不走！

我只好等著牠，看牠自己什麼時候準備好，要探索這個全新的世界，同時也想著，是不是自己太著急想帶牠出來了。

就在我這樣想的時候，奈奈抬起牠的小腳腳，往前走了幾步後，又坐了下來。

我這時就像是第一次看新生兒學走路的爸爸！

「寶貝加油，妳好棒，妳可以的！」

有點怕怕

我就這樣浮誇式的鼓勵奈奈繼續走，雖然奈奈表現的還是有點退縮，但可能是好奇心戰勝了不安，牠開始慢慢地走在柏油路上，邊走邊聞路上的味道。（感動哭）

正覺得開心的時候，奈奈感覺好像累了，不想繼續走了，於是我就抱著牠走回家，第一次探索全新的世界，就這樣結束了。

散步這樣看似簡單的事，卻莫名讓我很有成就感，可能是我們一起克服了不安吧。之後奈奈比較熟悉樓下的柏油路後，我就開始帶著牠到附近的公園探索，這又是一次新的體驗！

一大片鬆軟的草地，周圍伴著蟲鳴鳥叫聲，以及大小朋友的嬉鬧聲，空氣中充滿著奈奈未知的味道，都讓牠感到好奇。雖然看起來也是有點不安，但是在好奇心的驅使下，奈奈一

直用牠的鼻子用力地嗅聞，來好好瞭解這個全新的環境，此時我才發現，牠認真到第一次正式出門散步完全沒有大小便！（驚）

往後的幾次，我都會帶奈奈來公園走走，發現奈奈比起在柏油路上，更喜歡踩在鬆軟的草地上，留下牠的記號 XD
每次只要到草地上，奈奈的開心真的是藏不住，各種拉著我奔跑。如果是到寵物公園，在草地上放掉牽繩，那情況簡直像隻脫韁野狗不受控制，怎麼叫牠都不理人，直到跑到累了，才會回來找我 XD

奈家記事

保護措拖——牽繩

我除了在寵物公園會放牽繩外，其他地方都絕不放掉。
雖然讓奈奈盡情奔跑是很開心，但若是讓牠習慣了
不牽繩就能隨意亂跑的狀況，若出意外就慘了！
車水馬龍的路上，真的不知道會有什麼意外，最常
見的就是突如其來的巨大聲響嚇到狗狗、讓牠們亂
竄、造成意外⋯⋯
我常常看到毛孩走失案例，都是因為被突然的巨大
聲響驚嚇到，亂竄到跑不見！

毛孩是你的家人，你有義務要保護牠。
牽繩不是在束縛牠的自由，是在保護牠，以及尊重
路上的其他人、寵物。
並不是所有的人都喜歡狗，也並非所有的狗都願意

去親近另一隻狗。奈奈其實就很不喜歡跟其他狗親近，反倒喜歡跟貓親近。

我相信正在看這本書的人，都是很愛毛孩的人，如果身旁認識的人，真的不愛幫毛孩牽繩，請雞婆一下，三不五時提醒他。若是寵物本身不喜歡牽繩，也有很多解決的方法。

跟前面說的一樣，養毛孩就像養小孩，重點在於我們需要多一些耐心。

醜女兒也要見公嬤

好吧，雖然前面說到我家兩老多麼討厭狗狗，但總有一天也是要讓他們知道的。

於是我在奈奈五個多月大的時候，第一次帶著牠回到阿公阿嬤家中。

快進家門口時，我非常忐忑不安，腦中又有一大堆奇怪小劇場出現。

不要折散我們 Drama

「阿嬤，阿公，你們看，這是我女兒～叫奈奈，可愛嗎？」

「可愛什麼？你人不好好當？養隻畜牲來累死自己幹嘛？」

「死兔崽子，給我把牠拿去送人！！」

「不行！不可以！！
你們不可以拆散我們
父女啊！！！」

阿公阿嬤好～
我是奈奈

「你回來了哦？」阿公開了門，視線卻往奈奈的方向看去。

「阿公，牠叫奈奈啦！」我邊說，邊牽著奈奈走了進去。然而阿嬤跟阿公就坐在椅子上看著奈奈，不發一語。

天喔，這氣氛也太尷尬了吧，等等不會上演我剛想的事情吧？我非常不安地想著。

「這隻狗狗，你剛說叫什麼？」

「牠叫奈奈啦，是小女生，阿嬤妳覺得可愛嗎？」

然而阿嬤阿公還是盯著奈奈，不發一語，而奈奈也坐著乖乖地看著阿嬤阿公。

「牠怎麼比你還乖的感覺。」阿公突然說出了這句話，真的，我當時心裡真的黑人問號。

「這隻狗很乖的感覺欸，看起來真的比誠誠還乖！」阿嬤聽到阿公的話後，也接下去說著！（※註：誠誠是我的乳名）

到底什麼意思？

哈囉？我看起來不乖嗎？

我輸給奈奈？蛤？乾阿捏？

「狗狗過來～」阿嬤舉起手，看著奈奈說著。

「阿嬤，牠叫奈奈啦，奈奈過去找阿祖！」我輕推奈奈示意牠過去阿嬤那邊，給阿嬤摸一下。

「叫什麼阿祖？叫阿嬤就好！」

「對啊，不要叫阿祖！」阿嬤笑笑地對奈奈說著，阿公也接著回了話。

？？？？？？？？？？？？？

阿公跟阿嬤今天是怎麼了嗎？為什麼見到奈奈後，完全走不一樣的風格？！

啊～我小時候撿個狗回家就被罵得半死？今天的發展不是應該是要我想的小劇場那樣嗎？還是我現在在作夢？

「牠很可愛，有空多帶牠回來給我們看一下！」阿嬤摸著奈奈說。

「所以我養狗你們不生氣嗎？」我不知道哪來的膽，直接問了兩老。

「你都養了，生氣也沒用啊，啊都養了，就好好照顧牠吧！」

奈奈彷彿是我的幸運星一樣，原本會極度反對我養動物的阿公跟阿嬤，竟然會這麼平靜又迅速接受這件事情。我想這就是奈奈跟我們的緣分吧！

奈家記事

誰不疼貼心的好孩子呢？

是的，原本最擔心的事情，竟然就這樣非常平安的落幕了，因為過程真的太荒謬，所以我對這件事印象非常深刻 XD

可能就像我前面提到的，阿公阿嬤深知養動物是一件責任重大的事情，擔心我沒有準備好要當「爸爸」，而且在小時候，我也沒有能力去為毛孩負責，所以當時才會不斷阻止我養動物吧！

這也是看影片時，很多人會疑惑，怎麼奈奈也是叫我阿嬤為阿嬤？對，就是那時候阿嬤不想被叫老。

但隨著堂姊他們也生了小孩，開始叫阿嬤為阿祖之後，阿嬤好像比較可以接受這個稱呼了，但奈奈叫阿嬤，阿嬤也習慣了好多年，所以就維持不變！

至於奈奈為什麼這麼喜歡阿嬤，其實在帶奈奈見完阿公

跟阿嬤後，我對奈奈說：「以後回到老家，要友善熱情
地對待阿公跟阿嬤唷，他們很難得接受動物的，懂嗎？」
不知道是不是因為這句話，從此帶奈奈回到老家，總是
特別開心，也很懂得怎麼討阿公跟阿嬤開心，其實看了
真的覺得，奈奈非常貼心！

不然就是還有一個原因啦！
跟阿公阿嬤宣告養奈奈後，有一陣子有帶奈奈回老家住
幾個月，在這段時間，阿公阿嬤都會趁我不注意時或不
在時，偷偷餵奈奈吃一些調味過的東西。
這樣的東西當然是好吃的，所以每次回老家，奈奈應該
也是很期待吧！
另外也提醒一下，如果你的家人也會給狗狗餵食，雖然
代表家人都很喜愛狗狗，但是錯誤的餵食會導致狗狗身
體產生各種疾病。

平常煮過的食物，調味完後，對狗狗來說都太鹹了，而且有些食物蛋白質的含量都太高，牠們的腎臟會負荷不了，早晚會餵出毛病。

所以該溝通的還是要溝通，不然毛孩因為亂吃而生病，每個人都難過自責，我也是經過幾次的抗議之後，阿公阿嬤才終於不再亂餵了 XD

還有一個常見的食物，對狗狗完全是禁忌：骨頭！真的不要再給狗狗吃骨頭了！！骨頭碎裂後，尖銳的碎片會刺穿狗的喉嚨，甚至割傷嘴巴、食道、腸胃等，造成消化道器官損傷，我已經看過太多獸醫師分享吃骨頭造成危險的案例。如果你的家人還有在餵狗狗吃骨頭，請趕快制止！

當然還有很多食物對狗狗來說是禁忌，像是：巧克力、葡萄、蔥蒜類、生雞蛋、果核等……都要特別小心注意唷！

女兒啊，妳的前世是鸚鵡嗎？

一轉眼，跟奈奈相處已經八個多月了。這段時間都非常平凡，就帶奈奈出門散散步，帶奈奈回老家給阿公阿嬤看等。在家時，我也會教奈奈一些很基本的指令，像是等等、握手、坐下之類的。

這段時間要說比較特別的事情，那就是我一直在臉書個人版面上「曬奈奈」A_A
沒辦法啊，奈奈這麼可愛，當然要跟大家分享啊～但沒想到卻因此造成很多朋友反感，有些還刪除我好友 Orz
想來想去還是開個粉絲專頁，以後都在這邊記錄奈奈的成長生活就好了，也是在紀錄的同時，我發現奈奈學指令都很快，但當時我也沒多想，覺得狗狗本來就很聰明啊，學指令快很正常啦！

但是在這件事情發現後，讓我對奈奈徹底改觀。

這時期的奈奈，要吃飯的時候都會聽我的指令，我說「好」才可以吃，不說的話，牠就會狼吞虎嚥，用慢食碗也一樣。但只要我把飯放牠面前，讓牠等待一下子，再聽我的指令進食，進食的速度真的明顯變得沒那麼快！

有一天，奈奈一樣在等待我說「好」的時候，我無意間問了奈奈：「奈奈妳餓不餓啊？」

奈奈看著我，突然「餓～」了一聲。

我聽到後疑惑了一下，真的假的啊？奈奈會回話？於是我又再問了一次：「奈奈妳餓不餓？」

沒想到奈奈一樣，用很像回話的方式對著我叫一聲，真的，聽起來就是「餓～」的聲音。

天啊！我實在是不敢相信自己的耳朵，我有聽錯嗎？就這樣，我發現奈奈會回話跟模仿的天賦，生活也突然多了一份新鮮感。

我開始教奈奈說一些簡單的詞，比如「好」「好餓」「I LOVE YOU」等。

我會先發音給奈奈聽，然後奈奈會開始亂叫，我就繼續發出

正確的音，就這樣反覆循環。

當然，如果奈奈不想講的時候，牠會直接默默離開我的視線，所以要一直逼牠也是不太可能，真的太有個性 XD

那一陣子，剛好有隻會控制音量的日本柴犬紅到台灣來，紅到我身旁的朋友都在瘋狂傳那支影片給我看。

看完之後，我心想，這個奈奈也一定會的啊！於是我跟奈奈說大聲的時候，我先模仿給牠看。

大聲的時候，我發出大聲的「汪！」，小聲的時候就是小聲的「汪……」，就這樣試了快一個月吧。

那一陣子，奈奈應該覺得我有病 XD

不過也因為這樣的鸚鵡式教法，奈奈真的學會了控制音量大小聲！（歡呼加鼓掌）

奈奈學會的當下，我也一樣錄下來 PO 上粉絲專頁，但沒想到這部影片後來會改變了我們的生活……

奈家記事

我就這麼變成了阿楞

還記得剛開粉絲專頁時，因為只想單純記錄奈奈的生活日常，所以就取名為「柴犬 NaNa 的成長日記」。

那段時間，我很喜歡一個叫做「阿楞」的公仔。
阿楞是 Amazon 的吉祥物紙箱人，出自漫畫《四葉妹妹》，因為太喜歡它了，所以就拿著它跟奈奈拍照，連粉絲專頁都改名叫「柴犬 NaNa 和阿楞的一天」，但後來因為懶惰，我就很少拿阿楞跟奈奈拍照，它就這樣被冷凍了。

阿楞比較少出現後，新進的粉絲就一直覺得阿楞是我，也一直叫我阿楞。

我剛開始還一直解釋「我不是阿楞、叫我 Na 拔就好」，但真的問的人太多了，我也就放棄了，直接取代阿楞

XDDD

真的還是要說,奈奈在小的時候模仿天分極強,那些
「好餓」「I LOVE YOU」,真的發音得很像。

但現在越來越大後,請牠說個「I LOVE YOU」都敷衍
的嗷嗷嗷,這是不是職業倦怠?小時候講太多了~ XD

不過慶幸的是,控制音量大小聲還是能發揮得不錯!不
愧是台灣第一隻會控制音量大小聲的柴犬(?)

但還是很開心,牠在跟我拍影片的時候,會配合跟我互
動對話,這真的是我們多年來累積的默契!

選擇了，就堅持走下去！

把奈奈的影片放在粉絲專頁後，這部影片一夕之間被很多人
分享，好多人來留言，瞬間讓我不知所措。

因為原本的粉絲專頁頂多就是幾個朋友在看，突然上百位網
友湧入來留言，這個差別真的是會讓人受驚啊～

後來也很幸運地，有記者看到了這部影片，便私訊告知想寫
成網路新聞，於是我在接受簡單的線上採訪後，便寫成了＜
台中柴犬奈奈會學人說話，講「好餓喔」還能控制音量＞這
篇文章。（有興趣的人可以去 Google 搜尋這篇新聞來看。）

這篇新聞被刊登在網路上後也爆炸了！

我印象深刻的是，在 2014 年時，這篇在新聞在粉絲專頁上
按讚數破萬、分享率也破好幾千，也因為這篇新聞，電視媒
體也開始報導奈奈的天賦。

就這樣，網路加上電視的助攻，瞬間讓很多人知道奈奈，粉

絲專頁湧入很多人來按讚關注。

我記得粉絲專頁突破一萬人來按讚，我還特別發了一張幫奈奈後製加上頭髮的感謝照。

突然湧入這麼多人關注，雖然一時之間覺得很不真實，但對我們來說，日子也是要繼續過下去。

只是既然大家都覺得奈奈很可愛，那我就更努力更新，也開始拍一些日常互動影片，來療癒更多人。

在這時候訂下了我經營粉絲專頁的初衷：

「要透過我們拍的東西，帶給人們歡笑與療癒。」

於是，從 2014 年那部影片被新聞報導後，我就開始每天努力更新的一年。

但人生這條路上總是會出現很多抉擇的叉路，而對我來說，這個抉擇就是 2015 年。

當時，我在麥當勞做了 10 年，當了萬年組長，好不容易想要定下來、往上升遷到襄理時，半路卻殺出了個程咬金。

對，就是我的前經紀公司（大笑）。

他們來詢問，希望能夠跟我簽約。當下我很好奇地問這間公司：「為什麼會想找我們？」對方回我，是看到我們之前被《壹週刊》採訪，香港的導演對我們很有興趣，於是就過來詢問我們意願。

當下的我真的陷入兩難，我要放棄已經做十年的工作嗎？但我要放棄簽約的機會嗎？我猶豫了很久，也評估這些選擇可能對奈奈的影響。

如果我升到襄理了，工作時間就會變長，每天回家陪伴奈奈的時間也會減少。雖然牠等我回家的這段時間都在睡覺，但我還是不想要讓牠等待太久！

如果我們被簽約了，我可以天天陪著奈奈，想幹嘛就幹嘛，這樣也是不錯的！

但想是這麼想，其實內心還是有點兩難。可能真的在麥當勞太久了，突然要變動換全新的工作內容，讓我措手不及。

說老實話，以我的個性來說，我是很喜歡穩定，不太喜歡一直變動，所以麥當勞的工作才可以那麼久。但是我永遠記得，那時候店經理跟我說了一句話：

「有機會去闖，幹嘛不去？」

就是這句話，成為我最後一道推力。我選擇放下升遷機會，走上全職的影音創作者這條路。

今天也是努力拍片的一天

奈家記事

感謝我們能膩在一起！

現在回頭看當初的選擇，我真的很慶幸選擇了影音創作者這條路。

因為這個選擇，讓我幾乎一整天的時間都可以用來陪奈奈，每天都黏在一起 XD

也真的覺得很幸運，在那個自媒體還沒很盛行的時代，我們先占了一個位置，讓更多人可以認識我們。

我們會一直維持初衷，繼續為大家帶來歡笑與療癒！

由中到北的新生活

在決定簽給經紀公司後，就計畫好要從台中搬到北部。

雖然公司說可以不用每天進公司、也不用特別搬上來，但那時候就是有股想衝的念頭，覺得要每天進公司，這樣才算是上班 XD

就因為這樣的念頭，我跟閃光討論完後，就帶著奈奈搬家了。

搬上來後，我們就先住在閃光的基隆老家裡，我也真的如當初所想，每天帶著奈奈進公司上班。

上班最主要的工作，就是想盡辦法在一週內產出三部影片，也就是一個月要有十二部影片！

不知道大家有沒有印象，我們從 2016 年開始的影片幾乎都是在公司拍的，看影片背景就知道，我真的很努力地在產出影片。（手帕哭）

而奈奈就是在公司各種找同事玩，各種找同事討食，或是當

個「公關交際花」。只要有
客人來訪，奈奈總是第一個
先跑去門口，歡迎客人的到
來，客人們也都因為奈奈的
迎接露出幸福的笑臉。

但我們這位「公關交際花」
也不是對誰都友善。

有一次，有一位面試者準備進公司時，我剛好走到門口搭電
梯。

說也奇怪，我當時看到這位面試者就有種怪怪的感覺，但我
也沒多想，準備搭電梯下去時，奈奈卻突然對著這位面試者
吠叫。

奈奈的兇狠程度嚇到了其他同事，我也趕快帶著奈奈離開，
但奈奈對他的吠叫沒有停下。

怎麼會這樣呢？第一次看到奈奈這麼兇，但也不知道到底為
什麼，之後 HR 在面試時，也是覺得這位面試者怪怪的，於
是就沒錄取他了……

寫到這裡又讓我想到，奈奈晚上在公司時，會對著沒人待的空間突然吠叫的回憶……這位面試者該不會跟了我們看不到的東西吧……（尖叫嚇跑）

孤高的財務處

除了兒面試者這件事，還有一件事也是很有趣。

公司中有個比較偏孤獨的部門，那就是財務部。這個部門只有一位員工，也就是財務長，而財務部的位置是在公司中最角落的地方。

我們剛進公司的那一陣子，奈奈總是很喜歡跑去財務部，靜靜趴在財務長旁邊陪她工作，也因為這樣，財務長非常喜歡她，奈奈因此拿到非常多「好處」，於是就去得更勤了。

但這位財務長後來離職了。新財務長就職時，奈奈一如往常地跑去最喜歡的地方，結果卻發現原本熟悉的人變得不太一樣。

奈奈試著想討好對方，但是新財務長不太喜歡動物，所以也不太理牠。就這樣過了大概一個禮拜，某天午休的時間，我

們聽到新財務長大聲尖叫：

「怎麼會有大便～～～～！」

對，奈奈在人家地盤上大
便。我邊清理邊道歉著，原
本還想說只是「意外」，但
沒想到接連幾天，奈奈都在
財務部門大便，讓大家都很
意外。

因為奈奈明明在公司就知道
定點大小便的位置，男廁是
尿尿的地方，女廁是大便的
地方，在財務長換人之前，
奈奈一直都乖乖地遵守這項
規定的。

「怎麼突然就這樣呢？」

「奈奈變壞了嗎？」

同事議論紛紛，我看著奈奈，腦中卻浮現了一個答案。

「奈奈是故意的。」

對，真的是小惡魔，人家不喜歡你，就故意留便便。

於是我只能跟大家解釋：「因為奈奈知道這邊是財位啦，所以才留黃金在這啦～～」

當然事後回到家，我還是好好地跟奈奈說：「以後不可以再到那邊大便了！知不知道！」

還好奈奈好像也知道不可以再那麼搗蛋了，就再也沒發生這樣的事了。

結果這位財務又離職了，又換了另一位財務。

原本是貓派的新財務長被奈奈圈粉到不行，奈奈也因為每天到財務部的「好處」回來了，於是又開始喜歡上財務部了。

奈家記事

一起過有品質的生活！

真的很感謝前公司那時和我們簽約。

在我們像小嬰兒學走路跌跌撞撞時，前公司就像父母親一樣，教導我們度過那一段跌跌撞撞的時期，也很包容我們的一切。

進了公司，有時候我也會跟奈奈一起上通告，或者跟藝人合作拍影片或廣告，當然，最重要的就是接業配、賺取生活費。

說真的，我敢說自己很對得起良心在接業配。每個案子我都會親自試用，真的覺得不錯才會合作。

奈奈吃的用品類，目前只接過飼料跟鮮食。這裡給那些好奇飼料味道的人一個答案：每個品牌的乾糧吃起來味道都不同，有些是苦的，有些沒味道，有些很像乾燥肉

的味道。（對，在給我女兒吃之前，我先吃過了 XD）
而保健品類我一率回絕。因現在法規問題，很多不肖業
者會將人用的保健品包裝成寵物用，不但劑量是個問題，
有些成分還不會標示出來，很容易花了大錢又吃出問題。
保健品不要亂買，如果想給毛孩補補身體，請詢問過毛
孩的獸醫師吧！

再來，我覺得每個業配都能激發我無厘頭的創意。也因
為從企劃腳本發想、拍攝、剪接都是我自己一手包辦，
所以才會有很多奇怪的小劇場 XD
比較重要的一點就是，能讓奈奈過比較有品質的生活，
我才能一直帶著奈奈四處遊玩，創造出屬於我們的回憶。

這段時間，跟奈奈在公司，真的過得很充實，也很快
樂，也創作出只屬於我們風格的影片；也在這段期間，

粉絲人數一直往上成長，越來越多人關注我們。
很感謝到現在還持續關注我們的你，也感謝包容奈奈有時候亂大小便、我有時候會鬧脾氣的前公司。
我們真的很喜歡，也會記住有這一段美好的回憶！

醋桶女兒

這幾年很常看到這樣的留言。

「你相信動物溝通嗎？」
「要不要帶奈奈去動物溝通？」

其實我本身學過動物溝通，只是這件事情沒有特別公開。
畢竟動物溝通是比較玄的事情，所以在這裡只能當作經驗分享，並不是在推薦大家去接觸動物溝通。
至於為什麼我會去學動物溝通呢？請聽我娓娓道來──

有一天，我在臉書上看到「胖孩成長日記」的馬麻（後面簡稱胖麻），她在個人臉書動態分享去學習動物溝通的趣事。我看到後非常感興趣。雖然我很懂奈奈，牠的一個眼神、一個動作，我都可以很直覺知道牠想幹嘛，但我也想驗證奈奈是不

是我所想的那樣，於是報名了春花媽的動物溝通課程。

報名完成後，春花媽老師請我準備上課前要用的東西：包含奈奈的照片兩張、身邊有的水晶照片、網路上找想溝通的野生動物照片兩張、網路上找喜歡的大樹照片兩張。

準備好這些東西後，要傳給老師確認，於是我就傳了好幾顆粉晶的照片、野狼的照片、綠色大樹給老師看。

老師一看到照片後，馬上回傳：

「水晶有一顆，是最近別人給你的嗎？」

我看到老師傳這句話，整個雞皮疙瘩掉滿地！老師怎麼知道的？！水晶的確是別人送我的，但我沒有分享過這件事！天啊，這春花媽真的很厲害！

「是的，一顆是別人最近送我的。」

「那就帶其他顆你自己喜歡的粉晶就可以了。」

然後又過了一段時間，春花媽又回覆道：「你的狗不喜歡你選狼，再換一下吧。牠要你沒事不要看別人。」」

「什麼意思？意思是犬類的不行嗎？」

「這個，因為你這孩子好像比較愛你，所以可以的話，盡量不要哈哈哈。」

我看到春花媽傳的文字後大笑，對著奈奈說：「原來妳是大醋桶啊？！竟然不讓我跟妳其他的同類接觸！ XD」

奈奈聽完後直接撇頭，彷彿在跟我說：「哼，不要吵！」

後來野生動物我就選了老虎的照片，綠色大樹最後變成粉紅

色的櫻花樹，完成最後確認後，過了幾個禮拜，就開始上動
物溝通課程。

奈奈是「自戀的爸控」！

上課過程跟內容我不會詳細地跟大家說，但在這裡分享一些
神奇的經歷。

上課時有分組溝通，學員互相溝通對方的毛孩，也可以透過
問題，來做確認是不是對的。

這位溝通到奈奈的同學，在溝通結束後，可以很明確直接說
出我們家房間中的擺設，尤其說到房間中左邊窗戶有一台很
舊的直立式冷氣時，讓我雞皮疙瘩掉滿地！

因為這台直立式冷氣，我可以非常確定在拍影片時，從來沒
有入鏡過，再來她說的其他擺飾也是很準確。（汗）

然後奈奈是「自戀的爸控」。

很多同學溝通到奈奈，奈奈都是回：「我好漂亮」「我最可
愛了」「你們好醜」「爸爸好帥」「爸爸好棒」「我最喜歡

爸爸了」「爸爸好我都好」。

以上真的都是奈奈自己說的，我可沒賄賂牠！

然後還記得我上面有提到的粉色櫻花大樹的照片嗎？

那時候全班的樹都是選綠色的，唯獨我的是粉紅色的櫻花樹。

後來聽春花媽說，奈奈覺得粉色比較特別，比較符合牠的氣質，而且也喜歡櫻花樹，所以我的大樹才會跟同學的不一樣，奈奈真的是很公主 XD

透過這次上課的過程後，瞭解到世界真的很神奇，除了可以跟動物溝通，植物也可以溝通，還有水晶也行！

至於奈奈的部分，我跟春花媽再三確認，奈奈真的是我想的那樣子的性格。

春花媽也說，我跟奈奈彼此的連結很強，所以默契才能那麼好，而且奈奈真的很愛我。聽完瞬間覺得，我沒有白疼牠 XD

奈家記事

能站在對方的立場想最重要

學完這次溝通課程後，因為都沒在練習（被揍），所以我不會溝通奈奈以外的動物，而且會不會溝通真的沒關係。

我個人覺得應該是要多學習和了解牠們的行為，好好觀察日常生活中的相處細節、多花時間陪伴，並且站在牠的立場去思考，自然就會懂牠們在想什麼。

當然，我也很感謝春花媽的指導跟帶領，讓我經歷了這一段奇幻旅程！

絕育手術，好處多多！

很多人常常問我，養毛孩有沒有讓你感到最困擾的事？我仔
細想了一下，那絕對就是絕育手術！

我跟奈奈上電視節目時也有說過這件事。奈奈真的很聰明，
會去思考很多事，如果我這麼自作主張的把牠帶去絕育，是
不是很不人道？

我明白絕育手術對毛孩有很大的幫助，但一直都沒去進行，
而且也怕奈奈會有股怨念，畢竟這是牠身體內的器官。

因為一直卡在道德這一關過不去，所以這件事也就一直擱置
到 2018 年。

直到有一次，奈奈在公司上廁所完後，我發現尿布墊乾掉的
尿上，有小塊的黃色膿。

我覺得事情有點不太妙，趕緊連絡李醫師，請他做一些檢
查，結果發現是發情時，尿道細菌感染……

「每發情一次，子宮蓄膿機率就會提高。」

「我知道⋯⋯但是⋯⋯」

「開放型子宮蓄膿，就會像這樣有黃色膿！奈奈很聰明，如果生下小奈奈，應該也會跟奈奈一樣聰明吧。雖然我也很想看到小奈奈，但是健康比較重要啦！」

「手術傷口會很大嗎？」

「放心啦，我技術很好，被我絕育的狗傷口都不大啦！」

「好，讓我回去思考一下。」

很感謝李醫師這樣半開玩笑，讓我放鬆下來，但同時也讓我意識到，這件事不能再拖了，我必須跟奈奈談談。

回到家後，我透過之前學的動物溝通，詢問奈奈的意見。

「奈，把拔為了妳的身體健康，想要幫妳做絕育手術唷。」

「那是什麼？」

「就是妳發情時，不是都會滴血嗎，做那個手術，之後不會發情不會滴血，也能讓妳不會那麼不舒服。」

「你決定好我都好啊！」

聽完奈奈這樣說後，我的內心掙扎許久，最後為了健康，還是決定幫奈奈絕育了。

做手術當天，把奈奈送到醫院後，李醫師一看到奈奈，就說：

「我好怕奈奈痛痛。」

「好啦，氣麻後就沒感覺了啦。」我淡定地說著。

「母乾啦。」李醫師邊說，邊把奈奈抱進了手術室。

「李醫師！麻煩你了！」我在外面喊著。

這畫面現在想想也很神奇，怎麼會換成我在安慰李醫師呢？看著奈奈進去手術，各種不好的想法一直閃過我的腦海，很怕奈奈會不會有什麼萬一，但又想到是我跟奈奈最信任的李醫師，瞬間還是安心了不少，我就這樣在醫院內，等待奈奈做完手術。

等待的時間總是漫長的，李醫師一做完手術，馬上出來跟我報平安，請我進去看奈奈。

看到奈奈一臉沒精神的趴在恢復室裡，瞬間覺得好心疼，李

醫師開玩笑地說：「欸，幫奈奈做手術很有壓力欸，很怕自己一個不小心，我就變網紅了！」讓我瞬間笑了出來。

「真的，李醫師手術過程手還一直在抖」女助理在一旁補刀，大家聽完都呵呵大笑。

術後讓奈奈休息幾個小時後，就把奈奈帶回家。

李醫生也一直傳訊息關心，還開玩笑的說：「我擔心到頭髮都快掉光了！」

很慶幸的是奈奈手術完後整體來說恢復的不錯，也沒有因為痛而憂鬱，換藥也乖乖讓我們換！果然是最乖的公主了！

奈家記事

不輕忽毛孩子的健檢

這次手術真的很謝謝李醫師，平常太疼奈奈了，這次手術讓他整個神經緊繃，真的看得出來他很喜歡奈奈，有感情所以才會這麼不捨跟神經緊繃。

而因為尿尿有膿這次事件後，讓我學習到毛孩每年一定要做健康檢查！

不要覺得牠們看起來好像很健康，其實毛孩很會忍痛，當牠們表現出痛的時候，往往已經很嚴重了！

所以每年健康檢查一定要做，7 歲以上毛孩建議半年做一次健康檢查哦！這樣才能趕快知道毛孩身體哪邊有問題，趕緊治療跟預防，毛孩們才能健健康康陪你更久。

我還記得那時候奈奈在恢復室時，我拍了張照片傳到個人版，春花媽看到後就回了「奈都知道」，也就是說我

在奈奈手術前和她的溝通是成功的，原本還一直很懷疑自己都在腦補 XD

這張照片我還特別紀錄當時絕育時的體重，那時候是 11 公斤，這幾年過去，奈奈體重都維持在 11 公斤到 11.5 公斤這樣！所以奈奈真的不是胖好嗎！真的是毛蓬鬆啦！！！

另外小小的補充一下絕育的好處，一是能防止降低雄性的攝護腺肥大、攝護腺癌、睪丸腫瘤、圍肛腺腫瘤等疾病發生，雌性的則能降低乳腺腫瘤、子宮蓄膿、子宮內膜炎、卵巢囊腫等的機率。

其次是能夠改善行為問題。在結紮之前，因受賀爾蒙的影響，常有亂尿尿、過度的領域性、攻擊、性情暴躁等行為，結紮後少了賀爾蒙的干擾，除了上述的行為能改善外，性情也變得比較穩定親人。

雪與海

手術後，我帶奈奈出遊的頻率增加，很多朋友看到後，常常問我：「帶毛孩一起出門玩，不會很花錢嗎？怎麼老是帶奈奈出去旅遊？」

說實話，確實很花錢，但只要我們之間有共同的回憶，我就很滿足！

像是某一年的冬天，在寒流來的那幾天，跟幾位朋友一起帶著自家毛孩，到山上賞雪，我永遠記得奈奈第一次看到雪的反應。

還沒到達目的地時，路上一直可以看到雪，我把車窗搖下來，奈奈就開始好奇地把頭伸出去，嗅聞空氣中沒聞過的味道。

到達目的地後，奈奈下車第一次踩到雪時，抬起一隻前腳，奈奈臉疑惑的看著我，感覺是在問：

「這什麼？怎麼冰冰的？」

「這是雪唷，很好玩唷！」

奈奈聽到我這樣說完後，也確認沒有危險後，就開始在雪地上奔跑，我知道奈奈真的很開心。

奈奈跑了一下後，就開始四處嗅聞了起來，然後就在雪地上大便 XD

奈奈狗生完成在雪地上大便的成就，我們人都沒辦法呢！而我也完成了第一次在雪地上撿奈奈的大便成就！（驕傲）

還有我跟奈奈也去體驗了 SUP 立槳水上活動。

一開始我在立槳板上很害怕，奈奈彷彿也感受到我的害怕，又加上也是第一次在立槳板上，顯得非常不安。

看到奈奈因為我不安，我打起精神來，克服害怕，不然我們兩個會因為不平衡而落水！

聽從教練的指示滑前進後，就感覺沒那麼害怕了。

原本不敢用滑槳滑前進的我，也慢慢地開始靜下心，連帶著奈奈也感受我的穩定，躁動跟不安漸漸消失，安心地趴在

立槳板上。

這一瞬間我真的確信我們的連結真的很強。

如果我不安，奈奈也會不安；我開心，奈奈就會跟著開心！

於是我就跟奈奈享受這第一次的 SUP 立槳體驗，這也讓我永遠記得我們之間的反應與連結。

再來就是可以從類似的景色，發現奈奈最喜歡哪一個地點。帶奈奈去過很多海邊，每到了海邊，奈奈就四處嗅聞，嗅聞完就留下記號，留完記號後，就想要離開這個地方了，唯獨花蓮的七星潭！

每次帶奈奈來花蓮的七星潭，奈奈總是很興奮的在鵝卵石奔跑著，跑累了就會跟我坐著看海跟聽海浪的聲音，還有好幾次失控想跑去追浪，馬上被我制止，有夠危險 XD

後來透過動物溝通，才知道原來奈奈是因為我很喜歡七星潭，所以牠也才那麼喜歡七星潭，所以之後安排旅行只要有到花蓮，就一定會到七星潭走走。

為什麼我會一直帶奈奈出遊？

每次出遊所創造出來的回憶，真的都是我跟奈奈專屬的記憶。

除了留在相機記憶卡內，也永遠留在我的腦海裡，一起創造屬於我們的「一天」生活。

奈家記事

一起珍惜友善環境

有養毛孩的各位啊，已經有很多民宿或飯店因為不守規定的毛主人們，取消寵物友善的條件了！

真的要珍惜目前有開放讓寵物一起入住的民宿或是飯店，真的要當優良的毛主人，該遵守的入住規定就該遵守，不要當老鼠屎！

Part 2

永遠記得，

我的第一隻貓

陪我們散步的新朋友！

我常常笑說「奈奈是隻貓」，因為牠會像貓一樣翹屁股討摸、玩逗貓棒，還會走沙發背！

印象最深刻的是有一次，我帶著奈奈去上一個電視通告，在攝影棚現場來了很多動物，有貓、有狗、還有羊駝！

當時跟主持人說奈奈像貓這件事，而且只親貓不親狗，主持人覺得很神奇，於是在現場放開牽繩，讓奈奈自己去找她第一個想認識的動物，結果奈奈直接走到一位來賓的腳下，聞她帶來的貓咪！

好了，回歸正題，說到奈奈的新朋友，這就要從我們搬到基隆開始說起！

閃光的基隆家在半山腰，附近有非常多浪貓，而那裡的居民都滿愛護動物的，有不少人會固定餵食牠們。

每次帶奈奈去散步，路上都會遇到很多貓，正常的貓咪看到

奈奈，第一眼的反應就是逃跑，我們也覺得正常不意外 XD
但某一天，我帶著奈奈在外面散步，慢慢的走回家時，突然
有一隻虎斑貓，跑過來聞了聞奈奈。看體型感覺還是幼貓，
目測大概出生半年左右，是隻平常都沒出現過的貓咪。
這小虎斑說真的非常大膽，一般的貓咪看到狗就躲遠遠的，
牠竟然一直聞奈奈，而且奈奈被牠聞到很煩，一直閃躲
XDD

正想說牠到底還會聞多久，這
小朋友卻轉身跑掉了，不知
道是不是過來打聲招呼而已
XD
但從這次的「打招呼」之
後，只要我帶著奈奈在外
面散步，牠就會跑過來聞
奈奈，順便陪我們散步，
當然也會展現出小朋友
調皮的一面，就是會出
貓掌打奈奈！！！（驚嚇）

每當小虎斑貓出貓掌，奈奈就會閃躲，雖然有時候還是會被
打到啦！ XD
每次看到都覺得有趣，不過讓我最意外的一點是，牠每次都
會陪我們散步到家。

我們進到家裡，牠就會跳到窗台看著我們，也因為牠常常陪著奈奈散步，三不五時跑來窗邊看我們，於是就幫牠取了個名字叫「咪咪」。

原本擔心牠聽不懂這個名字，但有時候只要散步沒看見牠，大聲喊「咪咪」，牠會馬上跑出來，然後開始撒嬌、在地上翻滾，要我過去摸摸牠，真的超級可愛的！

因為陪散步的因緣，奈奈的第一位貓朋友出現了。

也因為牠的出現，讓生活多了更多樂趣。我印象最深刻的，是有一次咪咪又跑來窗戶找我們，我不知道哪根筋不對，竟然把奈奈的逗貓棒拿出來跟咪咪玩，原本趴在我旁邊的奈奈突然汪了一聲，馬上跑到桌底下，叫她還不理我，超級明顯在吃醋 XD

其實看到咪咪這麼親奈奈跟我，奈奈對牠也不排斥，讓原本對貓無感的我，也萌起想收養牠的念頭，但當時的狀況綜合評估下來完全不適合收編貓咪，於是這個念頭只能先打消……

奈家記事

吃我的貓貓拳！

故事中說到咪咪會出貓掌揮奈奈，在還沒養貓時的
認知，以為出貓掌就是在打，但其實牠只是想跟奈
奈玩 XD

然後會命名「咪咪」是因為牠的長相跟叫聲就很溫
柔，我一直以為牠是小女生，後來有一天發現牠的
左耳有被剪了個洞，上網一查，才知道原來這是浪
貓被 TNR（Trap Neuter Return，是誘捕、絕育、
原放的意思）的證明。

做完 TNR 後會在耳朵剪個小洞，男左女右，這才
發現原來咪咪是小男生，這誤會可大了！XD

麒麟尾橘白貓

原本散步回家的路上，只會有咪咪跑來找我們，其他的浪貓都對奈奈沒興趣，但是突然有一天出現了一隻橘白花紋的貓，跟在咪咪後面一起跑了過來！

我仔細看看這隻橘白貓，身材略胖，尾巴也跟普通的貓不同，是短短的圓圈，好像是一顆球，後來才知道這個叫「麒麟尾」。

這隻橘白貓感覺對奈奈很有興趣，初次見面就想跑去聞牠，還很大膽的走近奈奈身邊，但奈奈好像對牠沒興趣，每次橘白貓要靠近就想離開。

甚至像是不想碰到牠一樣，每次躲開時都一臉鄙視臉，感覺就像是說：

「矮額！你沒有洗澡，不可以碰本公主！」

初次見面的時間不算太久，因為一下子就走到家門口了。

我們一進家門，我以為橘白貓應該馬上就會跑掉，沒想到不
但沒跑，還直接坐在我們家門口。

直覺告訴我，這事情不單純，咪咪一定是有好康的事情跟朋
友講，腦海中又浮現出小劇場。

找人類有好吃的 Drama

咪咪：「朋友！我跟你說，你等等要不要跟我去
找一位人類？」

橘白貓：「跟你去找人類幹嘛？」

咪咪：「他有很好吃的東西哦！要不要去？」

橘白貓：「好啊，快帶我去！」

對！一定是這樣，不然怎麼會平白無故多一隻
貓來親近我們？

絕對是想要吃好料的！

「喵～～～」

橘白貓用很嗲的聲音叫著，瞬間讓我整個融化。

實在是有夠邪惡的，叫這什麼聲音，所以我很不爭氣地拿出兩個罐罐給牠們。

自從這次橘白貓吃過好料後，每次只要我們回家牠就會出現，也因為太常見，原本一臉鄙視的奈奈也開始習慣牠。

於是我幫這隻散步的朋友取名為「胖胖」，原因也很簡單，因為當初遇到牠時真的很胖……（挨揍）

胖胖也似乎知道我幫牠取的名字，每次回家的路上，我大聲地呼喊牠的名字，胖胖都會從遠處跑過來找我們，然後陪著我們走回家，跟咪咪一模一樣 XD

時間過得很快，這樣的日常維持了四年，突然發生了一件事情，打破了這全部的規律……

奈家記事

奈奈跟溝通師預言……

某一天，我帶著奈奈跟春花媽吃飯，春花媽突然問我：「你想養貓了？」
我聽到嚇到，跟春花媽說妳怎麼知道？

「爸爸說他想要養貓，是橘色跟我一樣顏色的那隻！」春花媽模仿奈奈的語氣說，我聽得滿頭問號，往奈奈的方向看。
「等等啊，從頭到尾我們想要養的是虎斑咪咪啊，怎麼妳會喜歡的是橘白花紋的胖胖？難怪每次胖胖出現妳都會一直看牠。」
「到時候就知道囉！」春花媽有點留下伏筆地說著，我也沒太在意，因為我的心目前是被咪咪給占據！

話說回來，這邊有說到鄰居們餵食浪貓的事。

當時我們住的地方，因為鄰居們對浪貓都非常友善，所以浪貓們也都習慣給人類餵食，但基本上不太建議隨便餵食浪貓，尤其是你住的地方沒這個習慣的話，可能會為鄰居帶來麻煩。

如果你真的真的很想要餵的話，請記得「不要造成環境髒亂」。

要餵東西時記得要找容器裝，罐頭類的食物一定要倒出來在容器上，然後貓咪用餐時待在附近，吃完之後立刻收拾乾淨。

小提醒：如果因為餵養貓狗造成髒亂，經舉報是可以依《廢棄物清理法》第 27 條處以罰鍰喔！

胖胖的求救

時間快轉到 2019 年 5 月。

我們一如往常走回家時，路上沒遇到胖胖，呼喊牠也沒有跑過來。

胖胖在忙嗎？還是跑到別人家玩了？還是去別人家討吃的了？或是跑到另外一個區域找朋友了？我會知道胖胖有這些行為，是我曾經有目睹過 XD

原本是這樣想，但是回到家門口時，眼前出現一個熟悉身影在等著我們。

對，就是胖胖！

我很開心的呼叫牠，看到牠時，突然覺得很奇怪，胖胖的左眼很不正常的眯著，還有點紅紅的，感覺痛到睜不開一樣，

直覺告訴我這不對勁⋯⋯

我趕緊拍了張胖胖的照片，傳給了李醫師，等了一陣子後，李醫師回覆說，看起來有點嚴重，可能是眼角膜破裂，問我們有沒有辦法趕快帶牠去看醫生。

我跟李醫師討論了一下，是否能把胖胖送到台中給他治療，李醫師一直以為我是開玩笑的，但其實我當下也沒想太多，可能是對李醫師的信任感，還有就是怕別的醫師不太熟，怕胖胖會被亂治療（？）沒辦法我就是很愛亂想嘛！（哭笑）

因為發現胖胖眼睛這狀況時已經很晚了，於是跟李醫師商量，明天再把胖胖帶下去找他。

隔天我跟閃光趕快開車到附近的寵物店，隨便買了一個貓咪外出籠，就趕快去找胖胖，但在熟悉的路上都沒看到牠，呼喊牠後等了一陣子，牠還是沒出現，於是又往牠平常會出現的地方去找，找了快一小時。

同時又趕快傳訊息請春花媽還有胖麻，請他們幫忙跟胖胖溝通，說我們在找牠、要帶牠去看醫生。

「大概傍晚的時候會出現，我有跟牠說在你們相遇的階梯附近等！」

春花媽傳來這樣的訊息。

「奈奈有一起去嗎？牠叫你把奈奈帶著！」

胖麻又傳來這樣的訊息。
我看到兩位的回覆後，那時離傍晚大概還有一個小時左右，
我們也有想到胖胖是不是會在家門口等著，就先跑回家看，
但是胖胖依然不見蹤影，所以又繼續往別的地方找。
找著找著又快回到家門口附近的階梯，竟然咪咪跟胖胖都在
這！

怕暈車的貓

看一下手錶的時間，此時已經晚上六點半了。我趕緊叫胖胖
進去籠子裡面，但胖胖怎麼可能聽得懂？
牠完全不敢進去，只是一直在腳邊徘徊；反而是咪咪，很好
奇的在外出籠旁邊探頭往裡看。

「今天不是要帶你去看醫生啦！」

講完後看向胖胖，但因為沒養過貓，我也不太敢直接去抓跟抱，很怕一個不小心弄傷牠。

我又趕快衝回家中拿零食，把零食往外出籠裡面丟，貪吃的胖胖這才乖乖走進外出籠，就這樣被我們從基隆載到台中找李醫師了。

回台中的路上，因為胖胖沒搭過車，兩個小時的車程從頭叫到尾，中途我還把一直哀哀叫的影片傳給胖麻看。

「你沒跟我說過搭車會那麼晃啊！」

看到胖麻回傳的訊息，我跟閃光瞬間大笑 XD
這唉唉叫的叫聲真是越聽越像：

「太～晃～了～」
「有夠晃，快點放我出去～」

胖胖就這樣一直叫，而奈奈卻無動於衷，還把胖胖的叫聲當催眠曲（？），很安穩的在一旁睡覺。

到達醫院後，李醫師先幫胖胖做簡單的理學檢查，還順便清耳朵跟剪指甲，過程中胖胖都沒有掙扎反抗，非常乖巧。
李醫師也是又驚又喜，直誇胖胖很乖。因為做完檢查後還要抽血做後續治療，所以告知我們先讓胖胖留院觀察幾天，並會隨時跟我保持聯絡。

在胖胖留院觀察的期間，發現眼睛的問題是貓皰疹病毒，不是角膜破裂，讓我安心了一些。
李醫師也傳了好多胖胖在醫院很自在的照片給我看，跟我說胖胖在這邊不怕生，會到處巡視，累了就回自己的病房睡覺，很棒！
聽到李醫師這樣說，一邊覺得胖胖很可愛一邊覺得開心，原本還很擔心胖胖會不習慣，沒想到竟然這麼輕鬆自在！ XD

於是胖胖就這樣在醫院待了一個多禮拜，治好了貓皰疹病毒。
原本想說治好了，帶回基隆後，一切就會都回到原點，但李醫師卻告訴我，胖胖其實比我們想像中嚴重……

奈家記事

危急時刻

現在回想起來，當時真的是憑藉著一股熱血做這件事。

我們抓到胖胖，再從基隆開車殺到台中，大概已經快晚上九點了。

真的很感謝李醫師還特地加班，等我們把胖胖送到醫院。（掩面哭）

女生最高（最棒）！
胖胖的上班初體驗

李醫師在聽到我要接胖胖回去後，就先幫胖胖再做一次更詳細的檢查，沒想到一查不得了，發現胖胖有貓愛滋病，而且腎臟衰竭第三期、快到末期，還伴隨著口炎。

聽到病情如此嚴重，也讓我思考是不是不要讓胖胖再回去外面流浪的生活？李醫師說如果放回去，以這狀況大概一、兩個月就差不多了。

也因為這樣，我決定收編胖胖。腎病雖然不可逆，但如果能透過治療維持控制住腎指數不要繼續惡化，那也很好了！

我到附近的寵物店，買了胖胖之後要用的相關物品後，就準備帶胖胖回基隆。

不知道是不是明白要回去熟悉的地方了，這次回程的路上，胖胖非常安靜地待在外出籠裡，跟第一次搭車時的樣子，真的差太多了。

回到家後，我先把要用的東西都擺放完，再把胖胖從外出籠
裡放出來。

胖胖走出來時，非常好奇的觀察房間四周環境，東看看、西
看看，也在奈奈旁邊磨蹭，而奈奈也似乎知道，胖胖以後就
是我們的家人了，也輕輕的聞著胖胖，然後跑上床來，準備
休息睡覺。

胖胖也跟著奈奈跑上床來，一臉滿足的樣子窩在奈奈旁邊，
彷彿就是在說：「我等這一天到來很久了。」

喜歡奈奈姊姊♥

胖胖就這樣正式成為我們的家人。

之後，我們每週都會帶牠到動物醫院抽血跟拿藥。但是這樣每週來回台中，說真的非常累，後來我們又聽了春花媽的建議，試試看淡水的一間中醫獸醫院，之後的每週抽血跟拿藥，就改來淡水這間醫院。

這過程中，胖胖因為吃中藥的關係，腎臟衰竭指數有一度降到二級，精神感覺也變得很不錯，於是決定讓牠跟我們到公司上班。

第一次帶胖胖到公司時，胖胖不知道是不是覺得公司太大，先躲起來一陣子適應環境，然後才開始在公司四處探險。

而帶牠來公司，因為太可愛，瞬間大家的焦點都放在胖胖身

上，很多位同事都跑來想摸胖胖，而胖胖因為之前有流浪過
也被大家餵養的關係，對人表現非常親切，於是直接側躺在
地上，任人擺布（？）。

而奈奈瞬間失去了焦點，竟然吃起醋，直接衝過去，把正在
摸胖胖的手用鼻子頂開，要人改摸摸牠 XD

胖胖除了對人非常親切外，還有一個有趣的點，牠會喜歡聲
音柔和的女生。

只要聲音比較柔的女生叫牠，胖胖會馬上跑過去磨蹭；反之牠就不太會自己過去，

只會待在原地等人過來摸牠，實在是有夠偏心的（哭笑）

第一次體驗貓草
整個愛不釋手

奈家記事

喝水要用騙的！

其實胖胖會到我們家來，春花媽在奈奈跟她爆料我想養貓時，她就已經知道了。

胖胖跟春花媽說，牠這一生就是來跟我們相遇的，也難怪那時候春花媽用伏筆的方式跟我說：「到時候就知道了」。

另外想跟大家說，因為胖胖生病的經驗，讓我知道毛孩生病真的很花錢，建議大家平常真的要幫毛孩買保險，或者是存醫療基金。

這邊另外補充一下，狗或貓都可能得到慢性腎臟病，但是貓得到慢性腎臟病的機率比狗高很多，原因是因為貓咪天生不愛喝水！

從前的貓是以打獵的生肉為主食，而生肉通常包含

了大量的水分，因此牠們主要的水分來源是跟主食一起攝取的。

但現在市面上的貓食多是乾糧，或是加工後的肉品，所以很容易讓牠們攝水不足、得到慢性腎臟病。如果大家去網路上蒐尋，會看到近來有不少人提倡讓貓咪吃生食（因有衛生問題，這點請大家詢問獸醫，多方考量為佳），或是有各種「騙水」的方法，就是因為如此，比如可以用流動的飲水機吸引貓咪們的興趣等，想要養貓的人要多考慮這一點，能騙水就盡量騙水喝。還有貓咪也很容易得到「口炎」，最嚴重的話是需要全口拔牙的。

口炎發生的原因有很多，像是腎衰竭嚴重尿毒、糖尿病、病毒感染等，只要發現貓咪很容易流口水、吃不下食物、吃東西從嘴巴旁邊掉出來、口臭等狀況，就要多加注意囉！

與奇蹟貓的約定

一轉眼跟胖胖相處的快樂日子，已經過了兩個多月。

原本下降的腎臟衰竭指數也維持不住，再度上升到快末期的指數。

但胖胖的整體表現，讓人覺得根本不像是生病的貓，看起來很有精神、很享受目前的生活，一直被獸醫師、春花媽稱牠是「奇蹟貓」。

而這位「奇蹟貓」原本在淡水看醫生打針、抽血都表現很乖，到後來可能是覺得煩厭了，開始兇醫生（汗）。

自從這件事情發生後，胖胖的狀況也開始越變越差，我開始思考著，是不是該帶牠出去走走，體驗一些牠沒體驗過的事？於是我安排了花蓮的看海行程。

第一次帶貓出遠門，我完全沒有任何經驗，只知道要帶一些牠熟悉的東西，讓牠有安全感。

我把平常牠會使用的貓窩搬到車上，再放上貓砂盆，以防長
途距離牠想上廁所。

一路上，胖胖都很乖地在貓窩裡睡覺，奈奈也在後座陪著胖胖。
胖胖很聰明，真的會出來在貓砂上廁所，還是在車行進中的
時候，平衡力實在是有夠好（鼓掌）。

到達七星潭後，第一次聽到海浪聲音的胖胖，一開始是整隻縮在外出包裡，感覺有點怕。

我輕輕的安撫著牠：「胖胖，這是海，沒事的，你奈奈姊姊很喜歡的哦！」

春花媽來公司見胖胖

我們耐心的等著胖胖自己適應，等牠自己從外出包裡探出頭來，靜靜地看著面前，牠沒看過的景象。

從七星潭回來後，因為胖胖的狀況越來越差，我請了春花媽來公司跟胖胖溝通，也問了胖胖看海好玩嗎？

「蛤？就是我平常看過的東西啊？」

「你最好看過海，我們住的這邊離海明明就很遠！」

「那天去踩的石頭就跟平常踩的一樣啊，我可是有見過世面的貓唷！」

「哪裡一樣啦！」

我整個傻眼，欸，小朋友，我們開了好幾個小時才到吶，你就只覺得還好 Orz

「我比較想要去看姊姊喜歡的那種花。」
「櫻花啊？好啊，等花期到了，我再帶你跟姊姊去看！」

我就這樣的跟胖胖約定好了。

胖胖跟奈奈在公司時一起窩在沙發下睡覺

奈家記事

此生為了與誰相遇？

一直以來，我都以為胖胖會來我們家，是因為喜歡奈奈。

之前胖胖還在流浪時，每次都是先去找奈奈；來到家裡後，也會窩奈奈窩過的地方，三不五時黏在奈奈旁邊，讓我覺得胖胖是姊控。

但是有次胖胖透過春花媽跟我說：「很高興跟我們相遇，沒有什麼比跟把拔相遇還珍貴。」

聽到當下，我的腦子只有一個想法：「蛤？你不是為了你姊奈奈而來的嗎？ XD」

但，為了誰而來都好，只要你能穩定陪我們久一點就好⋯⋯

來不及等到春天

現實總是那麼殘酷無情。

原本就有愛滋病的胖胖，口炎越來越嚴重，加上腎臟衰竭的影響，讓胖胖漸漸開始吃不下飯，越來越消瘦……

我跟李醫師商量後，覺得要先舒緩胖胖口炎吃不下飯的症狀，於是又把胖胖帶回台中，先住院一個禮拜。

把胖胖送到醫院前，我帶胖胖回了台中老家，讓阿嬤跟阿公看一眼。

阿嬤看到時胖胖非常開心，但阿公看到胖胖後，只淡定說了：「養貓不好啦。」

很明顯，阿公是狗派的！

胖胖也很乖，知道阿嬤是我們的親人，讓阿嬤抱在身上，然後我就趕緊再把胖胖送到醫院。

這一個禮拜，胖胖有稍微好轉，至少願意吃東西了，於是李醫師通知我，可以把胖胖接回家。

在我到達醫院、跟助理打招呼時，胖胖聽到我的聲音，開始呼喊著。我打開住院房的門，眼前的一幕是讓我永遠都忘不掉的景象。

胖胖很激動地在病房裡邊走邊叫，彷彿就是在跟我說：

「把拔，我好想你，快帶我回家！」
「好啦，我們回家吧，辛苦你了。」

回到家後的胖胖又開始吃不下東西，我聽從李醫師的建議，開始幫胖胖灌食。

灌食的過程，對雙方都是個壓力很大的掙扎。

也因為胖胖的病情越來越嚴重，對雙方都是已經失去生活品質的狀態，一度讓我覺得：我當初把胖胖接回家，是不是個錯誤的決定？如果我沒接牠回來，胖胖是不是會比較好？

各種負面情緒，影響著我的心情。

我很感謝春花媽，這段時間因為她的開導，讓我壓力漸漸沒那麼大，也讓我可以從負面情緒中脫離出來，繼續照顧胖胖。

調適好自己的心情，接下來的日子，我一如往常的幫胖胖灌食、餵藥，但胖胖的狀況真的越來越差，也已經不像之前那麼有活力，連幫自己理毛的動作都不再做了……

於是我跟李醫師商量，明天帶胖胖到醫院住院，希望可以舒緩牠的身體，李醫師也答應了。

跟李醫師聯絡完後，我抱著胖胖到二樓客廳的落地窗，讓牠看看以前牠生活的地方。

但是胖胖看了一下子後，默默的走到我和奈奈的身邊窩著，彷彿是想要珍惜跟我們相處的時光……

當天半夜，胖胖因為不舒服，一直嘔吐，吐完就側躺在地上，清潔完嘔吐物後，我輕輕的撫摸著胖胖，邊對著胖胖說：

「真的很難受，就不要硬撐了知道嗎？我沒關係的，我知道你一直都在硬撐，從一開始接回來的時候就是了，謝謝你跟我們度過這四個多月的美好時光……」

胖胖可能因為我的安撫，很快就睡著了。

隔天一早，我隱約聽到胖胖又吐了一次。我心想，等等就要帶去找李醫師了，時間還早，想再睡一下……於是我就這樣睡到預定起床的時間。

被鬧鐘吵醒後，我看向胖胖，但牠只是靜靜地側躺在地上。我走向胖胖的旁邊，發現牠已經沒有呼吸了……我跑出房門外，讓眼淚掉了下來……

整理好情緒後，我簡單傳了訊息告知春花媽，還是按照原來的行程，帶胖胖回台中，讓李醫師看最後一面，然後把胖胖帶去附近的寵物殯葬業火化。

到達後，我聽到個別火化要等兩三天，還在思考怎麼辦時，好心的老闆問起我們的狀況，知道我們特地從基隆下來，於是就幫我們特別安排，讓所有事情在一天內，圓滿的結束了。

奈家記事

認識愛滋貓

之前透過春花媽，跟胖胖約定好要去看櫻花。
在胖胖走後，每一年我都帶著牠的骨灰，跟奈奈一
起去看櫻花。

很開心在養胖胖的這段時間，向很多人宣導了什麼
是「貓愛滋」，以及對這疾病的正確觀念。
貓愛滋的全名是貓免疫缺陷病毒（英語：feline
immunodeficiency virus，簡稱：FIV）。
跟人類不一樣，貓愛滋病並非透過性行為傳染，主
要是透過打架時，含病毒唾液經傷口傳染，所以流
浪貓很容易有此疾病。

最重要的是，貓愛滋是不會傳染給人類的！

而且感染貓愛滋的貓死亡率沒有人類的愛滋那麼高，就算得了貓愛滋也不用太擔心，只要把牠當作免疫力不好來照顧就好。聽從獸醫師的建議，貓貓還是能夠活至正常壽命的。

貓愛滋真的不可怕啦，請多給愛滋貓多一點機會！

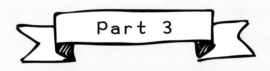

Part 3

雙寶亂入時刻！

我又想養貓了

在胖胖離開了快八、九個月後，有一天我不知道自己怎麼
了，突然又動了養貓的念頭，於是帶著奈奈到處去看貓。

能進來我們家的貓，只有很簡單的條件，那就是不能兇奈
奈、能接受奈奈。

現在事後想想，這條件應該就已經讓一大票的貓直接被淘汰
吧 XDDD

但是我認為「不是一家人，不進一家門」，所以我才會帶著
奈奈一起去看新家人。

過程當然不是很順利，不是遇到會對奈奈兇，就是看到奈奈
會怕。幾乎沒有像胖胖和咪咪一樣，看到奈奈不害怕，反而
還湊上去聞奈奈的貓。

直到有一天，原本約了朋友想去一間貓中途餐廳吃飯順便能
看貓咪，但臨時發現在整修，於是朋友提議到另一間貓中途

餐廳「貓欸 camulet」。

但是這家餐廳其實是不能帶毛孩進去的，正當我們想放棄的時候，朋友傳訊息詢問了闆娘，沒想到闆娘竟然答應讓我們帶奈奈入場！

於是最後還是順利進了餐廳，也一起看看有沒有投緣的貓咪。

餐廳裡有不少貓咪自在地來去，有的會趴在客人旁邊討摸，有的貓慵懶地睡在貓跳台上。

奈奈一進門後，所有的貓咪都好奇地圍了過來，奈奈都被盯得有點不好意思。

在這些圍觀奈奈中的貓裡，有一隻橘白貓吸引了我的視線。

牠看到奈奈後先是哈氣，但之後又坐到了奈奈附近，開始隔空用鼻子聞奈奈的味道。再熟悉一點後，又稍微靠近奈奈身旁，聞了一下就跑走了。

是的，牠就是橘寶。

當我跟朋友三人一起入座時，店內幾乎所有的貓都過來聞了一下，或是在我們腳邊徘徊，唯獨橘寶完全沒過來我們這裡。

我嘗試叫橘寶過來，但牠完全不理我，正當我覺得無趣的時候，閃光從店門口走了進來。

結！果！

橘寶馬上就跑去門口看閃光了。

閃光也有發現橘寶在看他，但他沒有選擇先跟橘寶互動，而是先過來坐好。

閃光把包包放在地上，橘寶跑過來聞了聞閃光的包包，然後竟然就直接窩在包包上。

我們看到又驚又喜。我們已經進來這間店一陣子了，橘寶連過來都不想過來，但閃光一來，橘寶就直接窩在了包包上，所以朋友們開始起哄，鼓吹著閃光可以養橘寶，老闆娘也說，這是橘寶跟閃光有緣。

閃光被大家這樣鼓吹著，不好意思地看著我，我跟閃光說：
「你想好就好，但是還要再多來幾次，看橘寶能不能接受奈
奈，奈奈能不能接受橘寶。」

多次確認的家人

我們後來又去了幾次。每去一次，奈奈感覺就跟橘
寶又多熟悉了一點。

橘寶從原本看奈奈會哈氣，奈奈看到橘寶也會躲，
到最後一次去看的時候，雙方都已經沒有這些行為
發生，這讓我們更確定橘寶是我們家的孩子，決定
收編橘寶。

現在已經
黏踢踢了啦

花了不少時間適應的新家

準備接橘寶回家前，我先做了很多功課。包含買了相關書籍補充知識，瞭解貓咪要有足夠的垂直空間、剛回到家換新環境需要隔離、還有安全性相關問題等。

由於新家在 13 樓，為了避免發生意外，所以我們先花了一筆費用將隔離用的房間的窗戶，以及客廳陽台都裝上隱形鐵窗。

現在想一想，胖胖真的是很隨便養（心虛），還好牠真的是天使貓，怎麼養都行。

前置作業都弄好以後，就把橘寶接了回來。

橘寶一到房間，先是睜大眼睛看著房間四周，下一秒就躲去了貓跳台上的貓窩。

我明白橘寶現在極度不安，於是跟奈奈離開房間，讓橘寶適應環境，但沒想到適應這件事居然足足花了一個月之久 Orz

最後橘寶還是融入了這個家，現在會自己主動去找奈奈，聞
奈奈的腳腳，或是睡在奈奈旁邊。

來到我們家後，橘寶就完全沒有對奈奈哈氣過，也沒有對奈
奈出過貓拳攻擊 XD

其實這樣相處下來已經很棒、很和平了，但身為爸爸，我還
是有點可惜奈奈不太會主動去找橘寶，有時候還會覺得橘寶
很煩。（哭笑）

如果我們沒有跟橘寶玩，橘寶就會默默待在旁邊，看起來真
的有點可憐 XD

橘寶跟我們相處的日子過得很快，一下子一年多就過去了。
沒想到因為朋友在 LINE 組群上的一次 @，又再度改變了我
們家……

不愛出門的家人

之後，只要我們帶奈奈出去玩，也一定會帶上橘寶出門。像是回台中看阿嬤，去花蓮、台東、宜蘭，橘寶也跟我們留下很多美麗的回憶。

帶橘寶出門其實跟胖胖一樣，坐車跟在車上上廁所都沒有問題，但正如牠一開始踏入新家一樣，牠要適應一個新環境，通常都需要花上一天的時間，然後才敢出來四處探險。但到新的戶外環境時，橘寶的身體通常也是緊縮著，讓我覺得牠其實是非常緊迫的，只是因為奈奈姊姊在旁邊，所以牠很努力強撐。

但正如前面所說，其實動物的忍耐力是很強的，會

出現明顯地抗拒，可能代表牠的忍耐已經到一定程度了。

所以我們之後出門，慢慢開始選擇不帶上橘寶，寧願牠在家舒服自在，也不希望硬帶牠出門、影響到牠的健康，當然，也要全力避免牠出現應激反應。

應激反應雖說是動物面對外在環境變化所產生的反應，但當反應過於強烈時，最嚴重有可能導致動物死亡，不可不慎。

弟控的起點

叮咚！手機傳來推播通知。

「朋友 A 提及您 @ 阿楞……」

我點開與朋友們的組群，竟然是許多幼貓的照片。

「歡迎放火給優秀的貓奴，或是放火給你們自己。」

原來是朋友救援的一隻母貓生下的小貓們。

但家裡已經有橘寶，又加上奈奈其實也會挑貓，不是每隻牠都可以，所以原本想直接已讀就好，結果我卻莫名被一隻小貓咪的背影吸引。

對，我禁不起誘惑，跟朋友要了正面照後，就決定要去朋友那裡看貓，但深知我習性的朋友也很快回覆：「但小屁貓們

還不習慣狗喔！」
於是朋友決定要先幫小貓們做減敏訓練，讓自己養的狗狗三
不五時在牠們面前晃，這樣奈奈過去時才比較不會那麼害怕。

於是就這樣過了三個月，朋友終於告知可以過去了。
朋友家的貓籠裡有三隻小貓，一隻是橘色花紋比較多的三花
妹妹，另外兩隻是白底虎斑的弟弟。
這幾隻小貓們看到人，都非常親人，我一靠過去後，牠們就
想過來討摸摸。
我看上的是三花妹妹，本貓看起來真的是很可愛，三花原本
想找我討摸，但是看到奈奈在附近，瞬間炸毛哈氣。（笑）

結果發現奈奈不理牠，就自己默默跑去找另外一隻白底虎
斑，兩隻突然在貓籠裡很活潑的玩著，也一直很有活力的叫
著。唯獨另外一隻白底虎斑，乖乖的在旁邊睡覺，我的目光
瞬間被牠吸引住，莫名覺得越看越可愛。
問朋友牠叫什麼名字，朋友幫牠取名叫做「愛睡覺」，貓如
其名，牠跟其他兩隻比起來，真的很愛睡覺。（笑）

然後我就一秒變心了，瞬間覺得或許乖乖的愛睡覺更適合我們家。本來想讓愛睡覺看看奈奈，但牠一直都在睡覺，叫奈奈看愛睡覺一眼，奈奈也愛看不看的。

雖然我更傾向選擇愛睡覺，但是帶回家後，不只奈奈，橘寶也可以接受嗎？會不會帶回家相處不好？正當我這樣猶豫時，朋友說可以先把貓帶回家「試養」，如果真的都不能相處，就帶回來沒關係。

就因為這句話，我把愛睡覺接了回家。

奈家記事

幸虧有做減敏訓練

偷偷爆料一下，這組群其中一位朋友就是邵庭 XDD 是她放火讓我遇到愛睡覺！！也很感謝她知道我想去她們公司

看貓的意願時，特地帶她家的毛孩們去公司，讓小貓們減敏訓練，不然小貓們原本超怕狗的！

如果沒做減敏訓練，這一次帶奈奈去看小貓們大概就不會這麼順利了！（感動哭）

雙寶沒問題！但是……

我把愛睡覺放在外出貓籠後走出了門，但愛睡覺突然開始狂叫、狂抓貓籠。我擔心牠不喜歡到外面來，於是趕緊跟朋友求救。

「喔，牠不喜歡被關啦！」

朋友如此說。
蛤？不喜歡被關著，但怎麼牠在這裡的貓籠就沒事？難道裡面有哥哥妹妹陪就不一樣嗎 XDD
就這樣，愛睡覺從接牠的地方一路叫回到基隆，真的很吵！！瞬間覺得牠哪

裡愛睡覺了？

帶愛睡覺回家後，我們馬上先把牠隔離在房間內的貓籠裡，
擔心家裡突然來了隻陌生的貓咪，橘寶會不習慣或生氣。
但因為愛睡覺在房間裡也是一直叫，結果還是引起了橘寶的
注意，默默移動到房門口坐著聽。
而愛睡覺真的有夠吵，在房間內叫了快兩個小時還不停，讓
怕被鄰居投訴的我先投降，把牠從貓籠放出來，結果愛睡覺
馬上不吵了，實在是很喜歡自由的貓呢。

在房間陪愛睡覺玩了一下後，發現牠又有點想睡覺了，於是
把牠抱回貓籠內，讓牠休息。還好牠進去的時候沒有叫，不
然我真的會崩潰，聲音疲勞轟炸真的很可怕。（抖）
愛睡覺在休息時，我打開房門，想說讓橘寶遠遠看看這隻小
屁貓，先適應一下。
橘寶看見我打開房門，還真的在門口外遠遠的看著愛睡覺，
而發現橘寶在看著自己的愛睡覺也爬了起來，跟橘寶對看。
雙方這樣對看了快十分鐘，橘寶先主動地慢慢走進來，想要

去聞愛睡覺。

原本怕兩隻貓太接近會有突發狀況，但橘寶接近後，兩隻貓竟然很和平地互相聞對方味道！

竟然沒事？！

我又試著讓愛睡覺再出來一陣子。愛睡覺出來後，先跟橘寶

近距離的互聞雙方的味道，然後就直接走出房門，尾巴豎直，悠悠哉哉地逛起我們家，只花了不到十分鐘的時間，就把家裡整個走透，然後跑去找橘寶一起玩耍！

看來是我太操心了。橘寶可能因為之前是在多貓環境下長大，現在家裡多了一隻小貓後並不特別排斥，反而感覺非常開心。

在愛睡覺主動去找橘寶時，橘寶也馬上跟牠玩了起來，兩隻貓就這樣在客廳跑來跑去，玩了快一個小時還沒休息……

天啊，愛睡覺跟橘寶的個性也差太多了吧！

當初橘寶來家裡可是適應了一個多月啊，愛睡覺居然只花了十分鐘，整個也太快了吧！而且愛睡覺的加入，讓橘寶也變得太有活力了吧！於是我認真考慮是不是要收編愛睡覺。

但正當我這樣想的時候，愛睡覺卻突然對奈奈哈氣，還伸出貓掌作勢攻擊奈奈！

如果只是一次還可以再觀察，沒想到這狀況發生好幾次……擔心日後狗貓大戰的戲碼會一直發生，也擔心這樣對奈奈會有壓力的我，只好把愛睡覺忍痛送回朋友那裡……

把愛睡覺送回朋友家後，朋友還是會繼續傳愛睡覺的照片給
我看，然後都會說：

「你兒子在等你啦！」
「你兒子很乖欸，我說拍給你把拔看，牠就乖乖看鏡頭！」

雖然覺得愛睡覺很可愛，但會攻擊奈奈就真的不行。QQ
愛睡覺回去後，奈奈比較清心，但橘寶就很反常……原本不
太會亂咬東西的橘寶，把愛睡覺來家裡時，牠窩在上面睡覺
的坐墊整個咬破，而且這幾天也沒什麼活力，好像是在想著
愛睡覺……
看到橘寶這麼反常的行為，於是我跟朋友提議起再試養一次
愛睡覺。
然後又是連續兩個小時的喵喵叫，但這次到家後，我沒有隔
離愛睡覺，直接讓牠在家裡晃。
橘寶看到愛睡覺後，瞬間很有活力跑去找愛睡覺，兩隻馬上
玩了起來。愛睡覺玩到一半時看見奈奈，雖然有對奈奈哈
氣，但沒有像上次一樣作勢想攻擊！

直覺告訴我，應該很有機會可以收編，就這樣觀察一天時間，愛睡覺沒有再對奈奈哈氣，在奈奈睡覺時也會想靠近奈奈；而橘寶不用說，真的喜歡愛睡覺，所以我就跟朋友說，我要收編愛睡覺了！

奈家記事

別忘了巴結老大啊 ?!

也在收編的那一刻,幫愛睡覺取名為「睡寶」。

為什麼貓咪要有寶字呢?

其實只是單純要延續橘寶的寶字,所以後續的貓名

字都會有寶字。

聽朋友說,她們聽到我要再試養睡寶的時候,馬上

跟睡寶說:「要好好巴結奈奈姊姊,牠才是那個家

最大的!」沒想到還真的有用欸!(哭笑)

臉圓圓的眞相

睡寶正式進來我們家後，我們才發現牠的行為跟哥哥橘寶有非常強烈的對比。

原本只有橘寶時，很多東西不會被亂咬跟破壞，但睡寶一來家裡後，就開始亂咬東西，有一次還把奈奈的愛心項鍊玩不見，害我在家裡到處都找不到，只在地毯下找到了鍊子，嚇到以為睡寶誤食了墜子，還趕緊把睡寶抓去附近的獸醫院檢查，幸好沒事！

當時拍影片說這件事，很多人疑問，怎麼沒有一起把橘寶抓去，說不定是牠亂咬跟誤食的啊？主要是因為我知道橘寶的個性，所以覺得完全不可能。

但因為後期真的是找了很久都沒找到，讓我也不禁動搖，該不會真的是橘寶吧？所以最後還是把橘寶抓去獸醫院了。

檢查結果也是沒有誤食，那項鍊到底去哪裡了？就在我已經

放棄尋找後，有一天在清掃貓砂盆，竟然在兩盆貓砂盆的中間找到墜子！！（氣死）

再來說到破壞，睡寶來家裡後，每天都會有驚喜！

像是有一天早上起床，走到客廳，發現飲水機被打翻，因為那時候飲水機的水還很滿，結果客廳整個大淹水！

而且打翻飲水機不是一兩次而已，是很多次！甚至有幾次還是在我眼前發生的，我到後面真的氣到受不了，直接把睡寶抓到犯罪現場，直接用比較兇的口氣對牠說：

「不可以再打翻了！不然我就不理你！」

結果說也奇怪，這件事就改善了，非常神奇 XD

除了這些對比外，睡寶的智商也非常高。在睡寶還沒來到家以前，我就買了台自動餵食機給橘寶，橘寶用了也沒發生什麼奇怪的事情。

睡寶來後，我也買了一台給睡寶，但意外就這樣發生了⋯⋯

有一次我們出遠門，回到家後，發現睡寶很喜歡坐在餵食機上。

我看到時覺得很奇怪，但也沒有多想什麼，結果隔天一早五

點多，我在睡夢中居然聽到自動餵食機掉出飼料的聲音？

我當下以為是我誤按到手機 APP 上的手動餵食了，想說算了，沒關係，就讓睡寶吃，但過不到五分鐘，自動餵食機又有掉出飼料的聲音？！

這下子我終於發生不對勁了，該不會是家裡有髒東西吧？

我小心地走到客廳察看，卻正好看到睡寶從餵食機上跳下來吃飼料，也是這時才發現餵食機上的兒童安全鎖沒有手動設定關閉，所以只要按下按鈕，就會掉出飼料。

我又察看了 App 紀錄，才發現這小屁貓趁我們不在家的這幾天，天天自助餐吃到飽，難怪臉越來越圓！

我又確認了橘寶的兒童安全鎖，發現橘寶的也沒有設定到，但牠每天掉出乾乾的量很正常，是按照排程，也就是說還好橘寶沒有學睡寶去按按鈕 XDD

現在看下來，我選的奈奈跟睡寶真的都有夠精！

而閃光選的橘寶……非常乖 XDD

奈家記事

有玩伴快樂多

有在追蹤我們 IG 的人應該會知道,睡寶來家裡後,最黏的人是我,三不五時都跟在我身邊,也很喜歡窩在我身邊,所以當我在飲水機前說出重話「不理牠」時,才會有用吧! XDD

睡寶來家裡後,真的是每一天都很吵鬧。

連橘寶也漸漸開始被睡寶影響,兩隻會組隊開始亂咬東西。但也托睡寶的福,橘寶變得比之前更大膽一點,也因為有了玩伴,在家裡也快樂得多,讓我真心慶幸有收編睡寶。

弟弟,這樣拍好看嗎?

你最愛的是……

在閃光收編橘寶時，橘寶在家裡最常找閃光撒嬌，也會三不五時窩在閃光身邊睡覺。雖然橘寶偶爾也會來找我撒嬌，但畢竟不是我的貓，是閃光的貓，所以就覺得橘寶最愛的人應該會是閃光！

那時候還偷偷許下願望，希望下一隻我的貓會很黏我，個性也大膽一點，然後睡寶就出現了，也真的如我所願。

但是睡寶出現後，閃光整個就被橘寶打入冷宮 XD
因為橘寶每一次要睡覺時都會找睡寶，在家也常常看到橘寶

窩在睡寶身邊。

如果睡寶在房間陪我，橘寶就會發出聲音呼叫睡寶。睡寶有時候不想要跑出去陪橘寶，那橘寶就會跑進來房間，舔睡寶的毛，舔沒幾下就跑出去，這時候睡寶也跟著跑出去。

但有時候跑出去後，就像開始在客廳開起派對一樣，在客廳跑個沒完，而且每次都是選在半夜的時候。（怒）

也因為看的出來橘寶是非常喜歡睡寶，所以每次閃光在吃醋時，我都會這樣跟閃光說：

「唉，你真可憐，橘寶根本就是透過你，來跟牠弟弟相遇的！所以牠不是你的貓啦！」

但每次只要我這樣一講完，橘寶當天就會跑去找閃光討摸，看起來還是有喜歡閃光啦，只是最愛的是弟弟睡寶 XD

我們一起
夢周公～

奈家記事

奈家誰愛誰大公開

	第一愛	第二愛	第三愛	第四愛
我	奈奈	閃光	睡寶	橘寶
奈奈	我 ♥楞	閃光	橘寶	睡寶
閃光	我 ♥楞	奈奈	橘寶	睡寶
橘寶	睡寶	閃光	奈奈	我
睡寶	我 ♥楞	橘寶	奈奈	閃光

這樣看下來，我還真多人愛，有夠幸福 XD

哈哈哈

後記 感謝你們教會我這些事

咪咪

其實我最遺憾的是浪貓咪咪。

牠原本就是我優先第一順位想養的貓咪，結果被胖胖先插隊（笑）。

後來還沒有收養橘寶時，其實一度想把咪咪接回家，但咪咪其實是舊家附近相當受歡迎的貓，鄰居們也很習慣看到牠、會固定餵養牠，因此在我對舊家附近鄰居釋出想收養咪咪的訊息後，喜歡咪咪的這些人都很反對。

我試著跟其中一位大哥協調溝通過很多次，但每次都是被回絕的下場……

我有好幾次，真的很想自私地把咪咪抱回來，但怕自己的自私會影響到其他人，而且也問過春花媽，咪咪想不想跟我們回來，結果咪咪說：「我不見了，他們會找不到我！」

好吧,既然都被咪咪拒絕了,那我們也就是老樣子,回到基隆舊家時會去看看牠。

就這樣維持到養了睡寶,在寫這本書的這陣子,我們還是偶爾會回基隆舊家,但最近都沒有看到牠了。詢問了鄰居大哥,得知咪咪最近身體狀況沒有很好,好像跑去躲起來了……

在寫這本書時,我也想過要不要請春花媽去問咪咪的近況,但春花媽最近也在忙照顧家裡狀況不太好的孩子,實在是不太好意思去麻煩她。

也想過請胖麻幫我問問,結果胖麻也是最近沒在練習,我也就沒繼續說下去了。好吧,誰叫我平常不練習,現在臨時也抱不到佛腳了 QQ。

阿公、阿嬤

我在寫這本書的時候,阿嬤突然離世,去找她心心念念的阿公了,我很替阿嬤開心,但也有很多話沒來得及對阿嬤說。

其實我真的很感謝奈奈的出現。我從小是阿公、阿嬤把我拉拔長大，但因為隔代教養，我們之間的溝通很容易有代溝。到後來，我都把話藏在心中，連最簡單的「我愛你」也說不出口。

而奈奈正是我跟阿公和阿嬤間，促進感情的「潤滑劑」。

自從奈奈出現後，家裡的歡笑變多了，也能透過奈奈對你們說愛你們，我也知道，你們明白奈奈的出現，改變我們家的關係，所以你們才會這麼疼奈奈。

因為他們疼愛奈奈，所以即使在很遠的北部，也會做到每兩週帶奈奈回到台中看看阿公跟阿嬤，也讓他們看看我跟奈奈。

我很珍惜跟阿公和阿嬤相處的時光，所以沒留下什麼遺憾。

同時我也很慶幸當初選擇了影片創作者這條路，讓我拍下了很多阿公跟阿嬤的影片，在我日後想念他們時，能有這些影片陪我回憶，也希望阿公跟阿嬤的影片曾讓大家獲得一些力量。

大家真的要珍惜跟親人的相處時光，用拍照或錄影紀錄下這些珍貴的時刻，未來便不會留下遺憾。

最後

在寫書的這一年，奈奈九歲了。

這一陣子越來越多人留言「奈奈老了」，出去外面也被人說「這是有年紀的狗狗」，其實看了聽了，當下真的會走心。翻了以前的照片跟現在的照片對比，奈奈真的明顯變老了，臉上的毛越來越白……

看了以前的照片，總會覺得時間真的過得太快，好多照片明明才沒多久以前拍的，都還有很深的印象，怎麼看日期卻是好幾年前的事了？

在經歷過阿公、阿嬤離世後，我的感觸真的很多，雖然跟奈奈天天黏在一起，我也很珍惜跟牠相處的每一天。

但真的當告別的那一天到來時，我真的可以接受嗎？每一次想到這邊，心總是酸酸的……

這九年的時間，我們拍了很多影片，也常常收到很多人的回饋，說謝謝我們帶來歡笑，謝謝我們的影片陪伴他度過低潮，謝謝我們總是散發出正能量。

這些回饋看了真的很開心，因為就跟我當初設定的目標一樣，我沒有忘了初心！

也因為奈奈快邁入十歲了，體力明顯沒有以前好，之後如果有邀約，我會選擇漸漸不再出席活動，也就是說，正在看書的你（指），還沒看過奈奈本尊的，又一直很想看到牠的話，我們接下來有出席的活動請好好把握唷（？）

我們這幾年的故事大概就是這樣。

感謝這些年奈奈教會我「耐心」，也教會我什麼是「愛」，也比較懂得如何去「愛」家人。

胖胖的出現教會我「告別」，以及怎麼照顧生病的毛孩。正因為有照顧過胖胖生病的經驗，如果未來三寶們誰也生病，我至少不會那麼緊張、不知所措。

橘寶的出現教會我「忍讓」。

橘寶脾氣太好，其實睡寶老愛去搶牠的東西，每次橘寶被搶都沒生氣，反而是讓給弟弟，橘寶真的是好哥哥。

睡寶的出現教會我「被愛」。

我從來沒有想過，有一隻貓可以無時無刻黏在我旁邊，會對著我踏踏，我回到家時還會熱情迎接，我說的話也會聽的乖寶寶。

我可以感受得出來，睡寶很努力地愛著我，真的很棒，雖然每次肚子餓時就在那邊一直吵！（哭笑）

未來不管我們是不是還在網路上，還是希望大家偶爾可以記起，曾經帶給你們療癒歡笑的：

柴犬 Nana 和阿楞的一天。

國家圖書館出版品預行編目資料

柴犬Nana和阿楞的幸福日常：與一狗二貓的三餐四季 / 阿楞著. -- 初版. --
臺北市：如何出版社, 2022.10
208 面；14.8×20.8公分 --（Happy image；16）

ISBN 978-986-136-637-1（平裝）

863.55　　　　　　　　　　　　　　　　　111013310

www.booklife.com.tw　　　　　　　　reader@mail.eurasian.com.tw

Happy Image 016

柴犬Nana和阿楞的幸福日常：與一狗二貓的三餐四季

作　　　者／阿楞
發 行 人／簡志忠
出 版 者／如何出版社有限公司
地　　　址／臺北市南京東路四段50號6樓之1
電　　　話／（02）2579-6600・2579-8800・2570-3939
傳　　　真／（02）2579-0338・2577-3220・2570-3636
副 社 長／陳秋月
副總編輯／賴良珠
專案企畫／尉遲佩文
責任編輯／丁予涵
校　　　對／丁予涵・柳怡如
美術編輯／蔡惠如
行銷企畫／陳禹伶・黃惟儂
印務統籌／劉鳳剛・高榮祥
監　　　印／高榮祥
排　　　版／莊寶鈴
經 銷 商／叩應股份有限公司
郵撥帳號／18707239
法律顧問／圓神出版事業機構法律顧問　蕭雄淋律師
印　　　刷／龍岡數位文化股份有限公司
2022 年 10 月　初版

定價 390 元　　　　ISBN 978-986-136-637-1

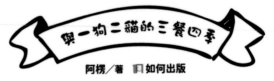

柴犬Nana和阿楞的
幸福日常♡

與一狗二貓的三餐四季

阿楞／著　如何出版